# The Demons of Spiderweb Mountain

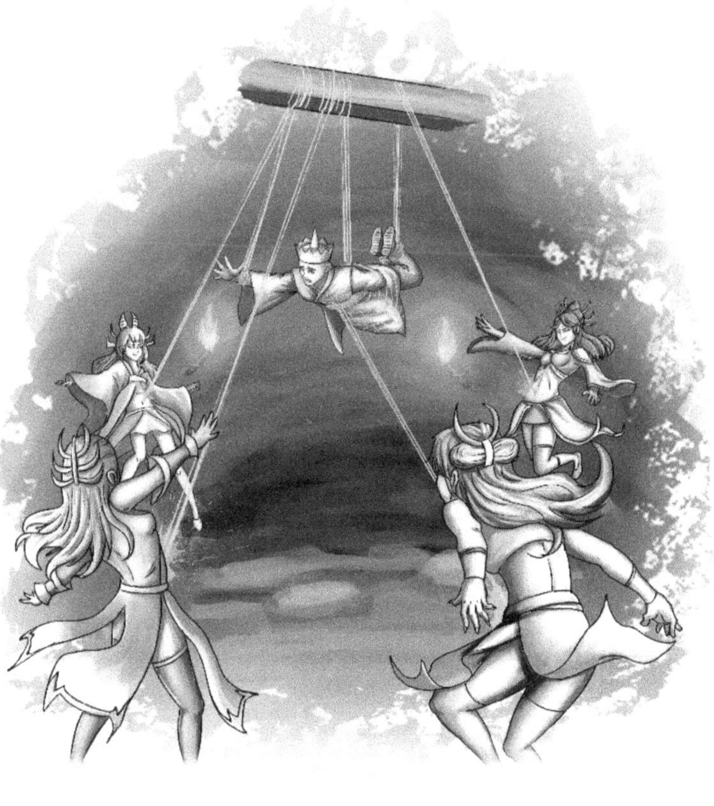

# The Demons of Spiderweb Mountain

A Story in Simplified Chinese and Pinyin,
Includes English Translation

Book 24 of the *Journey to the West* Series

Written by Jeff Pepper
Chinese Translation by Xiao Hui Wang

Based on chapters 72 and 73 of the original
Chinese novel *Journey to the West* by Wu Cheng'en

Published in the United States by Imagin8 Press LLC, Verona, Pennsylvania, US. For information, contact us via email at info@imagin8press.com or visit www.imagin8press.com.

Our books may be purchased directly in quantity at a reduced price, visit our website www.imagin8press.com for details.

Imagin8 Press, the Imagin8 logo and the sail image are all trademarks of Imagin8 Press LLC.

Written by Jeff Pepper
Chinese translation by Xiao Hui Wang
Cover design by Katelyn Pepper and Jeff Pepper
Book design by Jeff Pepper
Artwork by Next Mars Media, Luoyang, China
Audiobook narration by Junyou Chen

Based on the original 16th century Chinese novel by Wu Cheng'en

ISBN: 978-1952601859
Version 05

# Acknowledgements

We are deeply indebted to the late Anthony C. Yu for his incredible four-volume translation, *The Journey to the West* (University of Chicago Press, 1983, revised 2012).

We have also referred frequently to another unabridged translation, William J.F. Jenner's *The Journey to the West* (Collinson Fair, 1955; Silk Pagoda, 2005), as well as the original Chinese novel 西游记 by Wu Cheng'en (People's Literature Publishing House, Beijing, 1955). And we've gathered valuable background material from Jim R. McClanahan's *Journey to the West Research Blog* (www.journeytothewestresearch.com).

And many thanks to the team at Next Mars Media for their terrific illustrations, Jean Agapoff for her careful proofreading, and Junyou Chen for his wonderful audiobook narration.

# Audiobook

A complete Chinese language audio version of this book is available free of charge. To access it, go to YouTube.com and search for the Imagin8 Press channel. There you will find free audiobooks for this and all the other books in this series.

You can also visit our website, www.imagin8press.com, to find a direct link to the YouTube audiobook, as well as information about our other books.

# Preface

*Here's a summary of the events of the previous books in the* Journey to the West *series. The numbers in brackets indicate in which book in the series the events occur.*

Thousands of years ago, in a magical version of ancient China, a small stone monkey is born on Flower Fruit Mountain. Hatched from a stone egg, he spends his early years playing with other monkeys. They follow a stream to its source and discover a secret room behind a waterfall. This becomes their home, and the stone monkey becomes their king. After several years the stone monkey begins to worry about the impermanence of life. One of his companions tells him that certain great sages are exempt from the wheel of life and death. The monkey goes in search of these great sages, meets one and studies with him, and receives the name Sun Wukong. He develops remarkable magical powers, and when he returns to Flower Fruit Mountain he uses these powers to save his troop of monkeys from a ravenous monster. *[Book 1]*

With his powers and his confidence increasing, Sun Wukong manages to offend the underwater Dragon King, the Dragon King's mother, all ten Kings of the Underworld, and the great Jade Emperor himself. Finally, goaded by a couple of troublemaking demons, he goes too far, calling himself the Great Sage Equal to Heaven and sets events in motion that cause him some serious trouble. *[Book 2]*

Trying to keep Sun Wukong out of trouble, the Jade Emperor gives him a job in heaven taking care of his Garden of Immortal Peaches, but the monkey cannot stop himself from eating all the peaches. He impersonates a great Immortal and crashes a party in Heaven, stealing the guests' food and drink and barely escaping to his loyal troop of monkeys back on

Earth. In the end he battles an entire army of Immortals and men, and discovers that even calling himself the Great Sage Equal to Heaven does not make him equal to everyone in Heaven. As punishment, the Buddha himself imprisons him under a mountain. *[Book 3]*

Five hundred years later, the Buddha decides it is time to bring his wisdom to China, and he needs someone to lead the journey. A young couple undergo a terrible ordeal around the time of the birth of their child Xuanzang. The boy grows up as an orphan but at age eighteen he learns his true identity, avenges the death of his father and is reunited with his mother. Xuanzang will later fulfill the Buddha's wish and lead the journey to the west. *[Book 4]*

Another storyline starts innocently enough, with two good friends chatting as they walk home after eating and drinking at a local inn. One of the men, a fisherman, tells his friend about a fortuneteller who advises him on where to find fish. This seemingly harmless conversation between two minor characters triggers a series of events that eventually costs the life of a supposedly immortal being and causes the great Tang Emperor himself to be dragged down to the underworld. He is released by the Ten Kings of the Underworld but is trapped in hell and only escapes with the help of a deceased courtier. *[Book 5]*

Barely making it back to the land of the living, the Emperor selects the young monk Xuanzang to undertake the journey, after being influenced by the great bodhisattva Guanyin. The young monk sets out on his journey. After many difficulties his path crosses that of Sun Wukong, and the monk releases him from his prison under a mountain. Sun Wukong becomes the monk's first disciple. *[Book 6]*

As their journey gets underway, they encounter a mysterious

river-dwelling dragon, then run into more trouble while staying in the temple of a 270 year old abbot. Their troubles deepen when they meet the abbot's friend, a terrifying black bear monster, and Sun Wukong must defend his master. *[Book 7]*

The monk, now called Tangseng, acquires two more disciples. The first is the pig-man Zhu Bajie, the embodiment of stupidity, laziness, lust and greed. In his previous life, Zhu was the Marshal of the Heavenly Reeds, responsible for the Jade Emperor's entire navy and 80,000 sailors. Unable to control his appetites, he got drunk at a festival and attempted to seduce the Goddess of the Moon. The Jade Emperor banished him to earth, but as he plunged from heaven to earth he ended up in the womb of a sow and was reborn as a man-eating pig monster. He was married to a farmer's daughter, but fights with Sun Wukong and ends up joining and becoming the monk's second disciple. *[Book 8]*

Sha Wujing was once the Curtain Raising Captain but was banished from heaven by the Yellow Emperor for breaking an extremely valuable cup during a drunken visit to the Peach Festival. The travelers meet Sha and he joins them as Tangseng's third and final disciple. The four pilgrims arrive at a beautiful home seeking a simple vegetarian meal and a place to stay for the night. What they encounter instead is a lovely and wealthy widow and her three even more lovely daughters. This meeting is, of course, much more than it appears to be, and it turns into a test of commitment and virtue for all of the pilgrims, especially for the lazy and lustful pig-man Zhu Bajie. *[Book 9]*

Heaven continues to put more obstacles in their path. They arrive at a secluded mountain monastery which turns out to be the home of a powerful master Zhenyuan and an ancient and magical ginseng tree. As usual, the travelers' search for a nice hot meal and a place to sleep quickly turns into a disaster. Zhenyuan has gone away for a few days and has left his two youngest disciples in charge. They welcome the travelers, but soon there are misunderstandings, arguments, battles in the sky, and before long the travelers are facing a powerful and extremely angry adversary, as well as mysterious magic fruits and a large frying pan full of hot oil. *[Book 10]*

Next, Tangseng and his band of disciples come upon a strange pagoda in a mountain forest. Inside they discover the fearsome Yellow Robed Monster who is living a quiet life with his wife and their two children. Unfortunately the monster has a bad habit of ambushing and eating travelers. The travelers find themselves drawn into a story of timeless love and complex lies as they battle for survival against the monster and his allies. *[Book 11]*

The travelers arrive at level Top Mountain and encounter their most powerful adversaries yet: Great King Golden Horn and his younger brother Great King Silver Horn. These two monsters, assisted by their elderly mother and hundreds of well-armed demons, attempt to capture and liquefy Sun Wukong, and eat the Tang monk and his other disciples. *[Book 12]*

Resuming their journey the monk and his disciples stop to rest at a mountain monastery in Black Rooster Kingdom. Tangseng is visited in a dream by someone claiming to be the ghost of a murdered king. Is he telling the truth or is he actually a demon in disguise? Sun Wukong offers to sort things out with his iron rod. But things do not go as planned. *[Book 13]*

Tangseng and his three disciples encounter a young boy hanging upside down from a tree. They rescue him only to discover that he is really Red Boy, a powerful and malevolent demon and, it turns out, Sun Wukong's nephew. The three disciples battle the demon but soon discover that he can produce deadly fire and smoke which nearly kills Sun Wukong. *[Book 14]*

Leaving Red Boy with the bodhisattva Guanyin, the travelers continue to the wild country west of China. They arrive at a strange city where Daoism is revered and Buddhism is forbidden. Sun Wukong gleefully causes trouble in the city, and finds himself in a series of deadly competitions with three Daoist Immortals. *[Book 15]*

Later, the travelers encounter a series of dangerous demons and monsters, including the Great Demon King who demands two human sacrifices each year, and a monster who uses a strange and powerful weapon to disarm and defeat the disciples. *[Books 16 and 17]*

Springtime comes and the travelers run into difficulties and temptations in a nation of women and girls. First, Tangseng and Zhu become pregnant after drinking from the Mother and Child River. Later, the nation's queen meets Tangseng and pressures him to marry her. He barely escapes that fate, only to be kidnapped by a powerful female demon who takes him to her cave and tries to seduce him. *[Book 18]*

Continuing their journey, Tangseng has harsh words for the monkey king Sun Wukong. His pride hurt, Sun Wukong complains to the Bodhisattva Guanyin and asks to be released from his service to the monk. She refuses his request. This leads to a case of mistaken identity and an earthshaking battle that begins in the sky over the monkey's home on Flower Fruit Mountain, moves through the palaces of heaven and the depths of the underworld, and ends in front of the Buddha himself. *[Book 19]*

More trials await the travelers as they find their path blocked by a huge blazing mountain eight hundred miles wide. Tangseng refuses to go around it, so Sun Wukong must discover why the mountain is burning and how they can cross it. *[Book 20]*

Three years after an evil rainstorm of blood covers a city and defiles a beautiful Buddhist monastery, Tangseng and his three disciples arrive. This leads to an epic underwater confrontation with the All Saints Dragon King and his family. And later, Tangseng is trapped in a vast field of brambles by a group of poetry loving but extremely dangerous nature spirits. *[Book 21]*

Later, Tangseng sees a sign, "Small Thunderclap Monastery," and foolishly thinks they have reached their goal. Sun Wukong sees through the illusion, but the false Buddha in the monastery traps him between two gold cymbals and plans to kill his companions. Escaping that, the travelers find their path blocked by a giant snake and a huge pile of slimy and foul-smelling rotting fruit. *[Book 22]*

Continuing on their journey, they meet the king of Scarlet Purple Kingdom. The king is gravely ill, sick with grief over the loss of one of his wives who was abducted by a nearby demon king. Sun Wukong pretends to be a doctor and attempts to cure the king with a treatment not found in any medical textbook. Then he goes to rescue the imprisoned queen, leading to an earth-shaking confrontation with the demon king. *[Book 23]*

Afterwards, the travelers continue westward…

# The Demons of Spiderweb Mountain

## 蜘蛛网山的恶魔

# Dì 72 Zhāng

Wǒ qīn'ài de háizi, nǐ hái jìdé wǒmen zuìhòu yígè gùshì ma? Fójiào héshang Tángsēng hé tā de sān gè túdì, qiángdà de hóu wáng Sūn Wùkōng, zhū rén Zhū Bājiè hé ānjìng de dà gèzi Shā Wùjìng, qù le Zhū Zǐ wángguó. Zhège guójiā de guówáng bìng dé hěn zhòng, yīnwèi tā de yīgè wánghòu bèi móguǐ zhuā zǒu le. Tāmen jiù le wánghòu, dǎbài le móguǐ. Wèi le gǎnxiè tāmen, Zhū Zǐ Wángguó de guówáng gěi tāmen jǔxíng le yígè dà yànhuì. Yànhuì jiéshù hòu, sì wèi yóurén shuō le zàijiàn, jìxù tāmen de lǚtú.

Tāmen xiàng xī zǒu le hǎo jǐgè yuè. Tāmen yuèguò xǔduō shān, chuānguò xǔduō héliú hé xiǎo xī. Qiūtiān biàn chéng le dōngtiān, dōngtiān biàn chéng le zǎochūn. Shù shàng chūxiàn le xīn de yèzi, cǎo yòu biàn lǜ le.

Yǒuyìtiān, yóurénmen zài jǐ kē dà shù xià fāxiàn le jǐ dòng fángzi. Fángzi bèi shí qiáng bāowéizhe. Tángsēng cóng mǎshàng xiàlái, kànzhe nàxiē fángzi. "Wǒ yào qù nà biān, yào yìxiē sùshí,"

# 第 72 章

我亲爱的孩子，你还记得我们最后一个故事吗？佛教和尚<u>唐僧</u>和他的三个徒弟，强大的猴王<u>孙悟空</u>、猪人<u>猪八戒</u>和安静的大个子<u>沙悟净</u>，去了<u>朱紫</u>王国。这个国家的国王病得很重，因为他的一个王后被魔鬼抓走了。他们救了王后，打败了魔鬼。为了感谢他们，<u>朱紫</u>王国的国王给他们举行了一个大宴会。宴会结束后，四位游人说了再见，继续他们的旅途。

他们向西走了好几个月。他们越过许多山，穿过许多河流和小溪。秋天变成了冬天，冬天变成了早春。树上出现了新的叶子，草又变绿了。

有一天，游人们在几棵大树下发现了几栋房子。房子被石墙包围着。<u>唐僧</u>从马上下来，看着那些房子。"我要去那边，要一些素食，"

tā shuō.

Sūn Wùkōng huídá shuō, "Shīfu, ràng wǒ qù yàofàn, búshì nǐ qù. Gǔrén shuō, 'yí rì wéi lǎoshī, jiāng yǒngyuǎn shì fùqīn.' Túdì liú zài zhèlǐ, ràng nǐ qù yàofàn shì búduì de."

"Túdìmen, jīntiān tiānqì hěn hǎo, méiyǒu fēng, yě méiyǒu yǔ. Érqiě fángzi hěn jìn. Wǒ yào qù. Rúguǒ wǒ xūyào bāngzhù, wǒ huì jiào nǐmen de." Zhū dǎkāi xínglǐ. Tā cóng xínglǐ zhōng ná chū yàofàn de wǎn, sēngyī hé màozi, bǎ tāmen yìqǐ gěi le Tángsēng.

Tángsēng xiàng zuìjìn de yí dòng fángzi zǒu qù. Fángzi qiánmiàn shì yízuò shí qiáo. Zhè zuò qiáo jiàn zài yìtiáo xiǎo xī shàng, tōng xiàng yígè yuànzi. Sìzhōu dōu shì dà shù. Tā néng tīngdào shù shàng niǎo er de gēshēng. Tā zhàn zài qiáo qián. Cóng chuānghù wǎng lǐ kàn, tā kàndào fángzi lǐ yǒu sì gè kě'ài de niánqīng nǚrén, zuò zài nàlǐ féng yīfú.

Tángsēng bù gǎn jìn zhǐyǒu niánqīng nǚrén de fángzi. Suǒyǐ tā zài wàimiàn zhàn le jìn bàn gè xiǎoshí, děngzhe. Tā xīnlǐ xiǎng, "Rúguǒ wǒ lián yí dùn jiǎndān de fàn dōu yào bú dào, wǒ de túdì huì zěnme

他说。

<u>孙悟空</u>回答说，"师父，让我去要饭，不是你去。古人说，'一日为老师，将永远是父亲。'徒弟留在这里，让你去要饭是不对的。"

"徒弟们，今天天气很好，没有风，也没有雨。而且房子很近。我要去。如果我需要帮助，我会叫你们的。"<u>猪</u>打开行李。他从行李中拿出要饭的碗、僧衣和帽子，把它们一起给了<u>唐僧</u>。

<u>唐僧</u>向最近的一栋房子走去。房子前面是一座石桥。这座桥建在一条小溪上，通向一个院子。四周都是大树。他能听到树上鸟儿的歌声。他站在桥前。从窗户往里看，他看到房子里有四个可爱的年轻女人，坐在那里缝衣服。

<u>唐僧</u>不敢进只有年轻女人的房子。所以他在外面站了近半个小时，等着。他心里想，"如果我连一顿简单的饭都要不到，我的徒弟会怎么

kàn wǒ ne? Tāmen wèishénme huì yuànyì hé wǒ yīqǐ qù xītiān ne?" Tā juédìng guò qiáo, jìnrù yuànzi lǐ.

Dāng tā jìnrù yuànzi shí, tā kàndào shí qiáng lǐ yǒu yígè xiǎo cūnzhuāng. Tā kàndào le lìngwài sān gè niánqīng nǚrén, hé qítā sì gè yíyàng piàoliang. Zhè sān gè rén zài wán yóuxì. Tāmen zài tī yígè mǎn shì kōngqì de qiú. Tāmen zài zuò shénme?

Tāmen wán de shíhòu lán xiù piāodòng
Tāmen pǎo de shíhòu huáng qún piāo piāo
Tāmen tī qiú, hùxiāng chuán qiú
Tāmen pǎo de shíhòu xiàngliàn huàngdòng
Zhuǎnshēn tī gè "chū qiáng huā"
Xiàng hòu jīndǒu "guò dàhǎi"
Yòng tóu jī qiú jiù xiàng "zhēnzhū shàng fó tóu"
Tāmen tī qiú jiù xiàng huánghé shuǐ dàoliú

看我呢？他们为什么会愿意和我一起去西天呢？"他决定过桥，进入院子里。

当他进入院子时，他看到石墙里有一个小村庄。他看到了另外三个年轻女人，和其他四个一样漂亮。这三个人在玩游戏[1]。她们在踢一个满是空气的球。她们在做什么？

> 她们玩的时候蓝袖飘动
> 她们跑的时候黄裙飘飘
> 她们踢球，互相传球
> 她们跑的时候项链[2]晃动[3]
> 转身踢个"出墙花"
> 向后筋斗"过大海"
> 用头击球就像"珍珠上佛头"
> 她们踢球就像黄河水倒流[4]

---

[1] The game described here is 蹴鞠 (cùjū), a game similar to soccer where players try to kick a ball through a net without using their hands. Kicking games date back to the Warring States period in the 2nd or 3rd century BC. Air-filled balls were introduced during the Tang dynasty in the 7th century AD. Cuju was very popular and was played by men and women across all classes of society.

[2] 项链　　xiàngliàn – necklace

[3] 晃动　　huàngdòng – to sway

[4] 倒流　　dàoliú – to flow backwards

Qiú xiàng hé'àn shàng de jīnyú yíyàng shàngxià tántiào

Yìrén dé qiú, qítā rén lái ná zǒu qiú

Tāmen pǎo, tāmen jiào

Tāmen hàn shī yīfú

Tāmen tóufà sōngsǎn, tāmen xiàngliàn búzhèng

Lèizhe, kuàilèzhe, tāmen hǎnzhe jiéshù le tāmen de bǐsài.

Tángsēng kàn le yīhuǐ'er bǐsài. Dāng jiéshù shí, tā zǒu dào fángzi lǐ, dàshēng jiào dào, "Púsà, zhège kělián de héshang qǐngqiú nǐmen gěi tā yìdiǎn shíwù."

Sì gè nǚrén tíngzhǐ le féng yī, tái qǐtóu lái. Qízhōng yìrén shuō, "Zhǎnglǎo, qǐng yuánliàng wǒmen, zài nǐ jìnrù wǒmen qióng cūnzhuāng de shíhòu, wǒmen méiyǒu qù jiàn nǐ. Qǐng jìn, qǐng jìn." Tā dǎkāi le liǎng shàn dà shímén.

Tángsēng zǒu jìn le wūzi. Tā kàndào wūzi hěn qíguài. Yǒu yì zhāng shí zhuō hé yìxiē shí dèng, dàn méiyǒu qítā jiājù. Tā zhùyì dào wūzi lǐ yòu hēi yòu lěng. Tā cái zhīdào zhè ge wūzi qíshí shì yí

球像河岸上的金鱼一样上下弹跳

一人得球，其他人来拿走球

她们跑，她们叫

她们汗[5]湿衣服

她们头发松散，她们项链不正

累着，快乐着，她们喊着结束了她们的比

赛。

唐僧看了一会儿比赛。当结束时，他走到房子里，大声叫道，"菩萨，这个可怜的和尚请求你们给他一点食物。"

四个女人停止了缝衣，抬起头来。其中一人说，"长老，请原谅我们，在你进入我们穷村庄的时候，我们没有去见你。请进，请进。"她打开了两扇大石门。

唐僧走进了屋子。他看到屋子很奇怪。有一张石桌和一些石凳，但没有其他家具。他注意到屋子里又黑又冷。他才知道这个屋子其实是一

---

[5] 汗　　　　　hàn – sweat

gè shāndòng. Tā kāishǐ dānxīn qǐlái. Tā xiǎng, "Zhè shì yígè xié'è de dìfāng."

"Zūnjìng de zhǎnglǎo, qǐng zuò," nǚrén shuō. Wūzi biàn dé gèng lěng le. Tángsēng kāishǐ fādǒu. "Xiānshēng, nǐ cóng nǎlǐ lái?" Tā wèn, "Nǐ wèishénme lái yào qián?"

"Wǒ búshì zài yào qián," Tángsēng huídá shuō. "Wǒ shì bèi Táng huángdì sòng wǎng xītiān de Léiyīn Shān. Wǒ bèi mìnglìng qù qǔ fózǔ de jīngshū, bǎ tāmen dài huí Táng dìguó. Dāng wǒmen jīngguò guì jiā shí, wǒmen è le. Wǒ lái yào yìdiǎn sùshí. Ránhòu, wǒmen zhèxiē qióng héshang jiāng zàicì zǒu shàng wǒmen de lǚtú."

"Tài hǎo le!" Nǚrénmen shuō. "Wǒmen huì hěn kuài de gěi nǐmen nòng sùshí!" Qí zhòng sān gè nǚrén zuò xiàlái, kāishǐ hé Tángsēng shuōhuà, tán fójiào hé dàojiào. Dì sì gè nǚrén zǒu jìn chúfáng zhǔnbèi yìxiē shíwù. Dàn tā zhǔnbèi de shíwù búshì sùshí. Tā yòng hēi jiàng zhǔ rénròu, ràng tā kàn qǐlái xiàng miànjīn. Tā bǎ rén de nǎozi qiē suì, suǒyǐ tā kàn qǐlái xiàng dòufu. Ránhòu tā yòng rén

个山洞。他开始担心起来。他想，"这是一个邪恶的地方。"

"尊敬的长老，请坐，"女人说。屋子变得更冷了。唐僧开始发抖。"先生，你从哪里来？"她问，"你为什么来要钱？"

"我不是在要钱，"唐僧回答说。"我是被唐皇帝送往西天的雷音山。我被命令去取佛祖的经书，把它们带回唐帝国。当我们经过贵家时，我们饿了。我来要一点素食。然后，我们这些穷和尚将再次走上我们的旅途。"

"太好了！"女人们说。"我们会很快地给你们弄素食！"其中三个女人坐下来，开始和唐僧说话，谈佛教和道教。第四个女人走进厨房准备一些食物。但她准备的食物不是素食。她用黑酱[6]煮人肉，让它看起来像面筋[7]。她把人的脑子[8]切碎，所以它看起来像豆腐。然后她用人

---

[6] 酱　　　　jiàng – sauce
[7] 面筋　　　miànjīn – gluten
[8] 脑子　　　nǎozi – brains

yóu zhǔ zhèxiē dōngxi.

Dāng tā zuò hǎo hòu, tā bǎ shíwù cóng chúfáng lǐ ná chūlái. Tā bǎ pánzi fàng zài Tángsēng miànqián de shí zhuō shàng. "Qǐng chī," tā shuō. "Duìbùqǐ, wǒmen méiyǒu shíjiān zhǔnbèi gèng hǎo de fàncài, dàn zhè bú huì ràng nǐ èzhe le."

Tángsēng wéndào le shíwù de wèidào. Tā mǎshàng jiù zhīdào nà shì rénròu. Tā shuō, "Púsà, wǒ cóng chūshēng qǐ jiùshì chīsù. Wǒ bùnéng chī zhège."

"Dànshì xiānshēng, zhè shì sùshí."

"Qīn'ài de fù rén, wǒ zhào Táng huángdì de mìnglìng, bù shānghài rènhé shēngwù. Wǒ gǎnxiè nǐmen de shíwù. Dàn rúguǒ wǒ chī le, wǒ jiù méiyǒu zhào wǒ de shìyuàn zuò. Xiànzài, qǐng ràng wǒ zǒu."

Nǚrénmen tiào le qǐlái, dǎngzhù le mén. Qízhōng yìrén shuō, "Ò, hǎo ba, kàn qǐlái shēngyì yǐjīng lái dào wǒmen jiā ménkǒu le! Nǐ líkāi zhèlǐ de jīhuì hé yòng shǒu gài zhù pì yíyàng duō."

Tāmen hěn kuài bǎ tā rēng dào dìshàng, yòng shéngzi bǎ tā bǎng le qǐ

油煮这些东西。

当她做好后，她把食物从厨房里拿出来。她把盘子放在<u>唐僧</u>面前的石桌上。"请吃，"她说。"对不起，我们没有时间准备更好的饭菜，但这不会让你饿着了。"

<u>唐僧</u>闻到了食物的味道。他马上就知道那是人肉。他说，"菩萨，我从出生起就是吃素。我不能吃这个。"

"但是先生，这是素食。"

"亲爱的妇人，我照<u>唐</u>皇帝的命令，不伤害任何生物。我感谢你们的食物。但如果我吃了，我就没有照我的誓愿做。现在，请让我走。"

女人们跳了起来，挡住了门。其中一人说，"哦，好吧，看起来生意已经来到我们家门口了！你离开这里的机会和用手盖住屁一样多。"

她们很快把他扔到地上，用绳子把他绑了起

lái. Ránhòu tāmen bǎ tā diào zài liáng shàng. Tā de yì zhī shǒu bèi shéngzi jǔ qǐ, duìzhe zhèng qiánfāng. Dì èr gēn shéngzi bǎ tā de lìng yì zhī shǒu bǎng zài yāo shàng. Dì sān gēn shéngzi bǎ tā de tuǐ diào qǐ. Tā diào zài liáng shàng, bèi xiàngshàng, dùzi xiàng xià. Zhè jiàozuò "xiānrén zhǐ lù."

Tángsēng nǔlì bú ràng tā zìjǐ kū chūlái. Tā xiǎng, "Wǒ yǐwéi wǒ shì zài xiàng yìxiē hǎorén yào yìdiǎn sùshí. Dàn xiànzài wǒ diào jìn le huǒ lǐ. Ò, túdìmen, nǐmen zài nǎlǐ? Kuài lái jiù wǒ!"

Ránhòu tā kàndào nǔrénmen kāishǐ tuō yīfú. Tángsēng hàipà de kànzhe. Dàn nǔrénmen zhǐshì dǎkāi tāmen de shàngyī, lùchū dùzi. Sī shéng cóng tāmen de dùqí zhòng chūlái, xiàng fēi qǐlái de yín sī. Shéngzi jǐn jǐn de gài zhù le Tángsēng. Shéngzi yuè lái yuè cháng. Tāmen gài zhù le fángzi, ránhòu tāmen gài zhù le zhěnggè cūnzhuāng.

Jiù zài zhège shíhòu, sān gè túdì zhèngzài lù biān děngzhe. Zhū hé Shā zhèngzài xiūxi, kànzhe xínglǐ. Sūn Wùkōng zài shù shàng tiào lái tiào qù, zhǎo chéngshú de shuǐguǒ chī. Tā tái qǐtóu, kàndào yípiàn liàng

来。然后她们把他吊在梁[9]上。他的一只手被绳子举起，对着正前方。第二根绳子把他的另一只手绑在腰上。第三根绳子把他的腿吊起。他吊在梁上，背向上，肚子向下。这叫做"仙人指路。"

唐僧努力不让他自己哭出来。他想，"我以为我是在向一些好人要一点素食。但现在我掉进了火里。哦，徒弟们，你们在哪里？快来救我！"

然后他看到女人们开始脱衣服。唐僧害怕地看着。但女人们只是打开她们的上衣，露出肚子。丝绳从她们的肚脐[10]中山来，像飞起来的银丝。绳子紧紧地盖住了唐僧。绳子越来越长。它们盖住了房子，然后它们盖住了整个村庄。

就在这个时候，三个徒弟正在路边等着。猪和沙正在休息，看着行李。孙悟空在树上跳来跳去，找成熟的水果吃。他抬起头，看到一片亮

---

9 梁　　　　　liáng – beam, rafter
10 肚脐　　　　dùqí – navel

guāng cóng Tángsēng qù de dìfāng shè lái. Tā cóng shù shàng tiào xiàlái, dà hǎnzhe ràng qítā rén kàn. Ránhòu tā bá chū tā de jīn gū bàng, xiàngzhe liàngguāng pǎo qù.

Dāng tā dào nàlǐ shí, tā kàndào qiān qiān wàn wàn gēn sī shéng zài dìshàng, yǒu yí dà duī. Tā yòng shǒu pèng le yíxià sī shéng. Tāmen hěn ruǎn hěn nián chóu. Tā bù zhīdào gāi zěnme bàn. Tā xiǎng le yīhuǐ'er. Ránhòu, tā zuò le yígè mó shǒushì, shuō chū "Om" zhège zì, jiào lái tǔdì shén.

Jǐ miǎo zhōng hòu, tǔdì shén chūxiàn le. Tā shì yígè lǎo tǔdì shén, fēicháng pà Sūn Wùkōng. Tā guì le xiàlái.

"Qǐlái, qǐlái," Sūn Wùkōng shuō. "Wǒ bú huì dǎ nǐ de. Gàosù wǒ, zhè shì shénme dìfāng?"

Tǔdì shén huídá shuō, "Dà shèng, zhè shì Zhīzhū Wǎng Shān. Tā xiàmiàn shì Zhīzhū Wǎng Dòng. Qī gè móguǐ zhù zài nàlǐ."

"Tāmen shì shénme móguǐ?"

"Tāmen dōu shì nǚ móguǐ. Wǒ duì tāmen liǎojiě bù duō. Dàn zhè

光从<u>唐僧</u>去的地方射来。他从树上跳下来，大喊着让其他人看。然后他拔出他的金箍棒，向着亮光跑去。

当他到那里时，他看到千千万万根丝绳在地上，有一大堆。他用手碰了一下丝绳。它们很软很粘稠[11]。他不知道该怎么办。他想了一会儿。然后，他做了一个魔手势，说出"Om"这个字，叫来土地神。

几秒钟后，土地神出现了。他是一个老土地神，非常怕<u>孙悟空</u>。他跪了下来。

"起来，起来，"<u>孙悟空</u>说。"我不会打你的。告诉我，这是什么地方？"

土地神回答说，"大圣，这是<u>蜘蛛网</u>山。它下面是<u>蜘蛛网</u>洞。七个魔鬼住在那里。"

"他们是什么魔鬼？"

"她们都是女魔鬼。我对她们了解不多。但这

_______________________

[11] 粘稠　　　nián chóu – sticky

lǐ xiàng nán sānlǐ wài, yǒu yígè wēnquán. Yǐqián shì
tiānshàng qī xiānnǚ zài yòng tā. Dànshì, zìcóng qī gè
móguǐ lái dào zhèlǐ, xiānnǚmen jiù líkāi le. Móguǐ měitiān
zài wēnquán lǐ xǐzǎo sāncì. Tāmen jīntiān zǎoshàng yǐjīng
xǐ wán le. Tāmen jīntiān zhōngwǔ hái huì zàilái."

Sūn Wùkōng gàosù tǔdì shén, tā kěyǐ líkāi le. Ránhòu tā
yáo le yíxià tā de shēntǐ, biàn chéng le yì zhī xiǎo
cāngying. Tā zuò zài wēnquán fùjìn de yì gēn shùzhī
shàng děngzhe.

Tā děng le bàn bēi chá zuǒyòu de shíjiān. Ránhòu tā tīng
dào le hěn dà de hūxī shēng. Zhè tīng qǐlái xiàng shì
chóng zài chī shùyè, huò shì hǎitān shàng de làng shēng.
Qī gè niánqīng nǚrén lái le, xiàozhe, shuōzhe huà. Tāmen
zhǎng shénme yàngzi?

Xiàng yù, dàn gèng xiāng

Xiàng huì shuōhuà de huā

Méimáo xiàng yuǎn shān

Xiǎo zuǐ hóng zuǐchún

Tóufà shàng měilì de yǔmáo

里向南三里外，有一个温泉[12]。以前是天上七仙女在用它。但是，自从七个魔鬼来到这里，仙女们就离开了。魔鬼每天在温泉里洗澡三次。她们今天早上已经洗完了。她们今天中午还会再来。"

孙悟空告诉土地神，他可以离开了。然后他摇了一下他的身体，变成了一只小苍蝇。他坐在温泉附近的一根树枝上等着。

他等了半杯茶左右的时间。然后他听到了很大的呼吸声。这听起来像是虫在吃树叶，或是海滩上的浪声。七个年轻女人来了，笑着、说着话。她们长什么样子？

像玉，但更香
像会说话的花
眉毛像远山
小嘴红嘴唇
头发上美丽的羽毛

---

[12] 温泉　　　　wēnquán – spa, hot spring

Hóng qún xiàmiàn de xiǎojiǎo

Tāmen kàn qǐlái xiàng Cháng'é fēi xià rénjiān

Xiàng xiānrén yíyàng xià dào dìqiú

Sūn Wùkōng xiàozhe duì zìjǐ shuō, "Wǒ míngbái le shīfu wèishénme yào xiàng zhèxiē měilì de nǚrén yào shíwù le, dàn tāmen kěnéng huì shì máfan. Rúguǒ tāmen měi gè rén dōu xiǎng yào tā, tā yě huó bùliǎo jǐ tiān. Wǒ bìxū zǒu dé jìn yīdiǎn, tīng tīng tāmen de tánhuà."

Tā tíng zài qízhōng yígè niánqīng nǚrén de tóu shàng. Tā shuō, "Jiěmèimen, ràng wǒmen zài wēnquán lǐ xǐzǎo ba. Ránhòu wǒmen huí jiā, bǎ nàge pàng héshang zhēng le chī wǎnfàn." Tāmen xiàozhe zǒu shàng qián qù, tuī kāi le liǎng shàn dà mùmén. Lǐmiàn shì yígè hěn dà de rè shuǐchí. Shuǐchí kuān wǔshí chǐ, cháng yībǎi chǐ, shēn sì chǐ. Yì tuántuán zhēngqì cóng chí zhōng shànglái. Shuǐ hěn qīng, kěyǐ kàndào shuǐdǐ.

Niánqīng nǚrén tuō xià yīfú, guà zài fùjìn de shùzhī shàng. Ránhòu

红裙下面的小脚

她们看起来像嫦娥[13]飞下人间

像仙人一样下到地球

<u>孙悟空</u>笑着对自己说，"我明白了师父为什么要向这些美丽的女人要食物了，但她们可能会是麻烦。如果她们每个人都想要他，他也活不了几天。我必须走得近一点，听听她们的谈话。"

他停在其中一个年轻女人的头上。她说，"姐妹们，让我们在温泉里洗澡吧。然后我们回家，把那个胖和尚蒸了吃晚饭。"她们笑着走上前去，推开了两扇大木门。里面是一个很大的热水池。水池宽五十尺，长一百尺，深四尺。一团团蒸汽从池中上来。水很清，可以看到水底。

年轻女人脱下衣服，挂在附近的树枝上。然后

---

[13] Cháng'é (嫦娥) is the Chinese goddess of the moon. Altars are set up to worship her during the Mid-Autumn Festival, when the full moon appears in the eighth lunar month.

tāmen dōu tiào jìn le shuǐ lǐ. Tāmen yìqǐ zài rè shuǐ zhōng wán. Sūn Wùkōng xīnlǐ xiǎng, "Xiànzài bǎ tāmen dōu shā le, zhēnshì tài róngyì le. Dàn zhēn de nánrén bú huì gēn nǚrén dǎ. Zhè huì shānghài wǒ de shēngyù. Dànshì, wǒ kěyǐ gěi tāmen yìxiē kùnnán."

Tā yòu yáo le yáo, biàn chéng le yì zhī dà yīng. Tā yòng zhuǎzi zhuā zhù le suǒyǒu qī tào yīfú. Ránhòu tā dài zhe yīfú fēi zǒu le. Tā biàn huí le tā zìjǐ yuánlái de yàngzi, huí dào le Zhū hé Shā děngzhe de dìfāng.

"Zhèxiē shì shénme?" Zhū zhǐ zhe yīfú wèn.

"Zhèxiē shì qī gè èmó de yīfú," Sūn Wùkōng huídá.

"Nǐ shì zěnme tuō diào tāmen de yīfú de?"

"Wǒ bù xūyào tuō tāmen de yīfú. Zhège dìfāng jiào Zhīzhū Wǎng Shān, nà cūnzhuāng jiào Zhīzhū Wǎng Dòng. Qī gè èmó shēnghuó zài shāndòng lǐ. Tāmen zhuā zhù le shīfu, bǎ tā diào zài shāndòng lǐ de liáng shàng. Ránhòu tāmen qù wēnquán xǐzǎo. Wǒ kànzhe tāmen tuō diào yīfú, tiào jìn rè shuǐ lǐ. Wǒ biàn chéng yì zhī yīng, ná le tāmen

她们都跳进了水里。她们一起在热水中玩。孙悟空心里想，"现在把她们都杀了，真是太容易了。但真的男人不会跟女人打。这会伤害我的声誉[14]。但是，我可以给她们一些困难。"

他又摇了摇，变成了一只大鹰。他用爪子抓住了所有七套衣服。然后他带着衣服飞走了。他变回了他自己原来的样子，回到了猪和沙等着的地方。

"这些是什么？"猪指着衣服问。

"这些是七个恶魔的衣服，"孙悟空回答。

"你是怎么脱掉她们的衣服的？"

"我不需要脱她们的衣服。这个地方叫蜘蛛网山，那村庄叫蜘蛛网洞。七个恶魔生活在山洞里。她们抓住了师父，把他吊在山洞里的梁上。然后她们去温泉洗澡。我看着她们脱掉衣服，跳进热水里。我变成一只鹰，拿了她们

---

14 声誉　　　shēngyù – reputation

de yīfú. Xiànzài tāmen dōu bèi kùn zài rè shuǐ zhōng. Tāmen tài gāngà le, bù gǎn chūlái. Xiànzài shì wǒmen jiù shīfu de hǎo shíhòu."

Zhū huídá shuō, "Gēge, nǐ méi zuò wán zhè jiàn shì. Nǐ zhīdào tāmen shì èmó. Nǐ yīnggāi zài nà shí, nàlǐ shā sǐ tāmen. Rúguǒ nǐ bú zhèyàng zuò, móguǐ huì děngdào tiān hēi, ránhòu zài méiyǒu rén néng kàndào tāmen de shíhòu cóng shuǐ zhōng chūlái. Tāmen huì chuān shàng qítā de yīfú. Ránhòu tāmen jiù huì shā le, chī le shīfu."

"Wǒ bú huì dǎ tāmen. Rúguǒ nǐ xiǎng shā le tāmen, nǐ zìjǐ qù ba."

Zhū ná qǐ tā de bàzi. Tā gāo gāo de jǔzhe bàzi, zhí pǎo xiàng wēnquán. Tā tī kāi dàmén, wǎng lǐmiàn kàn. Tā kàndào qī gè méiyǒu chuān yīfú de nǚrén zuò zài shuǐ lǐ. Tāmen fēicháng shēngqì, duìzhe yīng dà hǎn dà jiào, yào ná huí tāmen de yīfú.

"Nǐ hěn méiyǒu lǐmào," nǚrénmen shuō. "Nǐ shì yígè hé

的衣服。现在她们都被困[15]在热水中。她们太尴尬[16]了，不敢出来。现在是我们救师父的好时候。"

猪回答说，"哥哥，你没做完这件事。你知道她们是恶魔。你应该在那时、那里杀死她们。如果你不这样做，魔鬼会等到天黑，然后在没有人能看到她们的时候从水中出来。她们会穿上其他的衣服。然后她们就会杀了、吃了师父。"

"我不会打她们。如果你想杀了她们，你自己去吧。"

猪拿起他的耙子。他高高地举着耙子，直跑向温泉。他踢开大门，往里面看。他看到七个没有穿衣服的女人坐在水里。她们非常生气，对着鹰大喊大叫，要拿回她们的衣服。

"你很没有礼貌，"女人们说。"你是一个和

---

15 困　　　kùn – to trap
16 尴尬　　gāngà – embarrassed

shang, wǒmen shì nǚrén. Gǔrén shuō, 'cóng qī suì kāishǐ, nánhái hé nǚhái jiù bù yīnggāi zài yìqǐ yòng tóng yígè diànzi.' Nǐ bùnéng hé wǒmen yìqǐ xǐzǎo."

"Fùrénmen, duìbùqǐ, dàn jīntiān hěn rè. Wǒ bìxū tiào jìn shuǐ lǐ." Zhū tuō le yīfú, tiào rù shuǐzhōng. Móguǐmen fēicháng shēngqì. Tāmen chōng xiàng tā, dàn tā biàn chéng le dà yú jīng. Xiànzài tā yóu dé hěn kuài, tāmen méiyǒu bànfǎ zhuā zhù tā. Tāmen xiàng dōng zhuā tā, tā jiù tiào xiàng xī, tāmen xiàng xī zhuā tā, tā jiù tiào xiàng dōng. Tā jīngcháng huì yóu dào tāmen de liǎng tuǐ zhījiān. Zhè zhǒng qíngkuàng jìxù le yíduàn shíjiān. Zuìhòu, Zhū tiào le chūlái, biàn huí zhū rén de yàngzi, chuān shàng le yīfú.

Móguǐmen fēicháng hàipà. Qízhōng yígè shuō, "Kāishǐ de shíhòu, nǐ kàn qǐlái xiàng ge héshang, ránhòu nǐ kàn qǐlái xiàng yìtiáo dà yú, xiànzài nǐ yòu xiàng ge héshang. Nǐ shì shénme rén?"

"Èmó, nǐ bù zhīdào wǒ shì shuí. Wǒ shì Tángsēng de túdì, qiánwǎng xītiān qǔjīng. Wǒ jiào Zhū Bājiè. Nǐmen yǐjīng zhuā zhù le wǒ de shīfu, nǐmen dǎsuàn chī diào tā. Wǒ de shīfu duì nǐmen

尚，我们是女人。古人说，‘从七岁开始，男
孩和女孩就不应该在一起用同一个垫子[17]。’你
不能和我们一起洗澡。”

“妇人们，对不起，但今天很热。我必须跳进
水里。”猪脱了衣服，跳入水中。魔鬼们非常
生气。她们冲向他，但他变成了大鱼精。现在
他游得很快，她们没有办法抓住他。她们向东
抓他，他就跳向西，她们向西抓他，他就跳向
东。他经常会游到她们的两腿之间[18]。这种情况
继续了一段时间。最后，猪跳了出来，变回猪
人的样子，穿上了衣服。

魔鬼们非常害怕。其中一个说，“开始的时
候，你看起来像个和尚，然后你看起来像一条
大鱼，现在你又像个和尚。你是什么人？”

“恶魔，你不知道我是谁。我是唐僧的徒弟，
前往西天取经。我叫猪八戒。你们已经抓住了
我的师父，你们打算吃掉他。我的师父对你们

---

17 垫子　　　diànzi – mat
18 之间　　　zhījiān – between

lái shuō zhǐshì yìdiǎn shíwù ma? Wǒ yào yòng wǒ de bàzi zá suì nǐmen."

Měilì de móguǐ qiú tā tíng xiàlái, dàn tā kāishǐ fāfēng de huīdòng tā de bàzi. Suīrán tāmen méiyǒu chuān yīfú, dàn móguǐ háishì tiàochū le shuǐmiàn, pǎo chū yì xiǎoduàn lù. Ránhòu tāmen zhuǎnxiàng Zhū. Qī gēn sī shéng cóng qī gè dùqí zhōng fāchū. Zhū bèi sī shéng gài zhù. Tā shìzhe dòng tā de jiǎo, dàn tā bùnéng. Tā dǎo zài dìshàng, xiǎng zhàn qǐlái, yòu dǎo zài le dìshàng. Zuìhòu, tā tǎng zài dìshàng shēnyínzhe. Móguǐ bǎ tā bǎng qǐlái, bǎ tā dài huí shāndòng.

Měi gè móguǐ dōu zǒu jìn tā zìjǐ de shuìjiào fángjiān, zhǎo qítā de yīfú chuān. Ránhòu tāmen dōu chūlái, hǎn dào, "Háizimen, nǐmen zài nǎlǐ?"

Qī zhī dàchóng lái le. Tāmen shuō, "Māma, nǐmen yào wǒmen zuò shénme?" Zhè qī zhī chóng hěn zǎo yǐqián bèi zhè qī gè móguǐ zhuā zhù. Móguǐ méi yǒu shā sǐ tāmen. Tāmen ràng chóngzi huózhe, dàn chóngzi biàn dé xiàng móguǐ de érzi, móguǐ jiù chéng le tāmen de mǔ

来说只是一点食物吗？我要用我的耙子砸碎你
们。"

美丽的魔鬼求他停下来，但他开始发疯地挥动
他的耙子。虽然她们没有穿衣服，但魔鬼还是
跳出了水面，跑出一小段路。然后她们转向
<u>猪</u>。七根丝绳从七个肚脐中发出。<u>猪</u>被丝绳盖
住。他试着动他的脚，但他不能。他倒在地
上，想站起来，又倒在了地上。最后，他躺在
地上呻吟[19]着。魔鬼把他绑起来，把他带回山
洞。

每个魔鬼都走进她自己的睡觉房间，找其他的
衣服穿。然后她们都出来，喊道，"孩了们，
你们在哪里？"

七只大虫来了。它们说，"妈妈，你们要我们
做什么？"这七只虫很早以前被这七个魔鬼抓
住。魔鬼没有杀死它们。她们让虫子活着，但
虫子变得像魔鬼的儿子，魔鬼就成了它们的母

---

[19] 呻吟　　　shēnyín – to moan, to groan

qīn.

Móguǐ duì chóngzi shuō, "Érzimen, wǒmen cuò zhuā le yígè Táng héshang. Xiànzài tā de túdì hěn shēngqì, xiǎng shā le wǒmen. Nǐmen bìxū zǒu chūqù, zhǎodào zhèxiē túdì, ràng tāmen líkāi. Wánchéng hòu, qǐng zài nǐmen jiùjiu jiā hé wǒmen jiànmiàn. Wǒmen xiànzài jiù qù nàlǐ."

Qī zhī chóngzi biàn chéng xiǎo móguǐ, pǎo chū shāndòng, xiàng wēnquán pǎo qù.

Shāndòng lǐ, bǎngzhe Zhū de sī shéng tūrán xiāoshī le. Tā zhàn le qǐlái. Tā hěn tòng, dàn méiyǒu bèi shāng dào. Tā kàndào Sūn Wùkōng, gàosù tā fāshēng le shénme shì. Ránhòu Shā lái le. Tāmen sān rén juédìng huí dào shāndòng qù jiù tāmen de shīfu. Dàn hái méi dào shāndòng, jiù kàn dào zhàn zài tāmen miànqián de qī gè xiǎo móguǐ. Xiǎo móguǐ shuō, "Mànzhe, mànzhe. Wǒmen zài zhè'er."

"Zhèxiē zhǐshì xiǎo háizi," Zhū xiàozhe duì tā de xiōngdìmen shuō. "Tāmen měi gè rén bú huì zhòngguò bā, jiǔ jīn." Ránhòu tā duì tāmen shuō, "Nǐmen shì shuí?"

Xiǎo móguǐ huídá shuō, "Wǒmen shì qī gè xiānnǚ de érzi. Nǐ

亲。

魔鬼对虫子说，"儿子们，我们错抓了一个唐和尚。现在他的徒弟很生气，想杀了我们。你们必须走出去，找到这些徒弟，让他们离开。完成后，请在你们舅舅家和我们见面。我们现在就去那里。"

七只虫子变成小魔鬼，跑出山洞，向温泉跑去。

山洞里，绑着猪的丝绳突然消失了。他站了起来。他很痛，但没有被伤到。他看到孙悟空，告诉他发生了什么事。然后沙来了。他们三人决定回到山洞去救他们的师父。但还没到山洞，就看到站在他们面前的七个小魔鬼。小魔鬼说，"慢着，慢着。我们在这儿。"

"这些只是小孩子，"猪笑着对他的兄弟们说。"他们每个人不会重过八、九斤。"然后他对他们说，"你们是谁？"

小魔鬼回答说，"我们是七个仙女的儿子。你

zài zhèlǐ zhǎo le máfan, xiànzài yào xiǎoxīn!" Xiǎo móguǐ gōngjī Zhū, Zhū xiàng tāmen fāfēng de huīdòngzhe bàzi.

Xiǎo móguǐmen kàndào Zhū nàme de qiángdà. Tāmen biàn huí dào le chóngzi. Tāmen fēi xiàng kōngzhōng, dà hǎn, "Biàn!" Yì zhī biàn chéng shí zhī, shí zhī biàn chéng yìbǎi zhī, yìbǎi zhī biàn chéng yìqiān zhī, yìqiān zhī biàn chéng yí wàn zhī. Tiānkōngzhōng dōu shì fēi chóng. Tāmen bǎ túdìmen gài zhù, shàngxià yǎozhe tāmen.

"Wǒ bìxū gàosù nǐ, gēge," Zhū shuō, duìzhe zài yǎo tāmen de chóngzi huī le huī shǒu, "Qù xītiān qǔjīng bù róngyì. Lián chóngzi yě lái zhǎo wǒmen de máfan."

"Méi wèntí," Sūn Wùkōng huídá. Tā bá le jǐ gēn máofà, jǔjué tāmen, ránhòu bǎ tāmen chuī chūlái. Tā ràng zhèxiē máofà biàn chéng xǔduō bùtóng de dà niǎo. Niǎo er zài kōng zhōng fēi lái fēi qù. Tāmen yòng zuǐ huò zhuǎzi zhuā zhù chóngzi, huòzhě yòng chìbǎng pāidǎ tāmen. Jǐ fēnzhōng hòu, suǒyǒu de chóngzi dōu sǐ le. Dìshàng gàizhe yì chǐ gāo de sǐ chóng.

Sān gè túdì pǎoguò qiáo, jìn le shāndòng. Tāmen fāxiàn Tángsēng réng

在这里找了麻烦，现在要小心！"小魔鬼攻击<u>猪</u>，<u>猪</u>向他们发疯地挥动着耙子。

小魔鬼们看到<u>猪</u>那么的强大。他们变回到了虫子。它们飞向空中，大喊，"变！"一只变成十只，十只变成一百只，一百只变成一千只，一千只变成一万只。天空中都是飞虫。它们把徒弟们盖住，上下咬着他们。

"我必须告诉你，哥哥，"<u>猪</u>说，对着在咬他们的虫子挥了挥手，"去西天取经不容易。连虫子也来找我们的麻烦。"

"没问题，"<u>孙悟空</u>回答。他拔了几根毛发，咀嚼它们，然后把它们吹出来。他让这些毛发变成许多不同的大鸟。鸟儿在空中飞来飞去。它们用嘴或爪子抓住虫子，或者用翅膀[20]拍打它们。几分钟后，所有的虫子都死了。地上盖着一尺高的死虫。

三个徒弟跑过桥，进了山洞。他们发现<u>唐僧</u>仍

---

<sup>20</sup> 翅膀　　　chìbǎng – wing

rán bèi guà zài liáng shàng. Sūn Wùkōng hěn róngyì de qiēduàn shéngzi. Tā wèn Tángsēng, "Èmó zài nǎlǐ?"

Tángsēng huídá shuō, "Nà qī gè rén dōu cóng hòumén pǎo le chūqù. Tāmen zài hǎn tāmen de érzi."

Sān gè túdì cóng hòumén pǎo le chūqù, gāojǔ tāmen de wǔqì, dàn méiyǒu kàndào qī gè èmó. "Tāmen zǒu le," Zhū shāngxīn de shuō. "Wǒmen huíqù, zá suì zhège shāndòng lǐ de suǒyǒu dōngxi, zhèyàng tāmen jiù méiyǒu jiā kě huíqù le."

"Zhè tài máfan le," Sūn Wùkōng shuō. "Wǒmen qù zhǎo yìxiē shāohuǒ de mùtou." Tāmen zhǎodào yí dà duī shùzhī, diǎn le huǒ, kànzhe shāndòng bèi shāohuǐ.

然被挂在梁上。<u>孙悟空</u>很容易地切断绳子。他问<u>唐僧</u>，"恶魔在哪里？"

<u>唐僧</u>回答说，"那七个人都从后门跑了出去。她们在喊她们的儿子。"

三个徒弟从后门跑了出去，高举他们的武器，但没有看到七个恶魔。"她们走了，"<u>猪</u>伤心地说。"我们回去，砸碎这个山洞里的所有东西，这样她们就没有家可回去了。"

"这太麻烦了，"<u>孙悟空</u>说。"我们去找一些烧火的木头。"他们找到一大堆树枝，点了火，看着山洞被烧毁。

# Dì 73 Zhāng

Zài tāmen shāohuǐ Zhīzhū Wǎng Dòng hòu, sì gè yóurén yánzhe dàlù hěn kuài de xiàng xī zǒu qù. Jǐ gè xiǎoshí hòu, tāmen dào le yígè yǒu xǔduō gāo tǎ de dìfāng. Tāmen kàn dào kě'ài de xiǎo xī zài fángzi zhījiān liúguò. Fùjìn yǒu tíng mǎn le huì chànggē de niǎo de dà shù. Lù shuāngshuāng de zài shùlín zhījiān ānjìng de zǒuzhe. Tā hé gǔ shí hòu Liú Ruǎn de Tiāntái Dòng yíyàng měilì.

"Shīfu," Sūn Wùkōng shuō, "zhèlǐ búshì yǒu qián rén huò wáng de jiā. Tā kàn qǐlái xiàng yígè dào miào huò fó miào."

Tāmen zǒu dào dà mén qián, kàndào yígè páizi, "Huánghuā Miào." Zhū shuō, "Zhè shì yígè dàojiào de dìfāng, suǒyǐ wǒmen jìnqù yídìng méi wèntí."

Sì gè yóurén zǒu le jìnqù. Zài lǐmiàn mén de liǎngbiān, tāmen yòu

# 第 73 章

在他们烧毁蜘蛛网洞后，四个游人沿着大路很快地向西走去。几个小时后，他们到了一个有许多高塔的地方。他们看到可爱的小溪在房子之间流过。附近有停满了会唱歌的鸟的大树。鹿双双地在树林之间安静地走着。它和古时候刘阮的天台洞一样美丽[21]。

"师父，"孙悟空说，"这里不是有钱人或王的家。它看起来像一个道庙或佛庙。"

他们走到大门前，看到一个牌子，"黄花庙。"猪说，"这是一个道教的地方，所以我们进去一定没问题。"

四个游人走了进去。在里面门的两边，他们又

---

[21] This refers to the legend of Liu Chen (劉晨) and Ruan Zhao (阮肇) who traveled to Tiantai Mountain to procure medicinal herbs. They encountered a couple of beautiful maidens in a valley of peach blossoms. They lived with the maidens for six months, then became homesick. But when they returned home they discovered that hundreds of years had passed in their home village. Saddened, Liu and Ruan disappeared again, this time apparently forever.

kàndào le liǎng háng zì,

    Huáng yá, báixuě, xiānrén jiā

    Shǎojiàn de měilì huā, zhǎng chìbǎng rén de jiā

"Suǒyǐ," Sūn Wùkōng xiàozhe shuō, "zhèlǐ shì dàoshì wán liàndān shù de dìfāng."

"Zhùyì nǐ shuō de huà," Tángsēng huídá shuō, "wǒmen bú rènshí zhèxiē rén."

Tāmen chuānguò le lǐmiàn de mén. Yí wèi dàojiào dàshī zuò zài dìshàng zuò chángshēng bùlǎo yào. Tā chuānzhe hēisè de dàoshì cháng yī, jìzhe huángsè de yāodài, dàizhe yì dǐng míngliàng hóngsè hé jīnsè màozi, chuānzhe yìshuāng lǜsè de xiézi. Tā de liǎn xiàng guā yíyàng yuán. Tā de yǎnjīng xiàng xīngxīng yíyàng míngliàng.

"Xiānshēng, nǐ hǎo!" Tángsēng shuō.

Dàoshì tái qǐtóu kàn, hěn chījīng, chángshēng bùlǎo yào diào zài dì

看到了两行字，

　　黄芽[22]，白雪，仙人家
　　少见的美丽花，长翅膀人的家

"所以，"孙悟空笑着说，"这里是道士玩炼丹术[23]的地方。"

"注意你说的话，"唐僧回答说，"我们不认识这些人。"

他们穿过了里面的门。一位道教大师坐在地上做长生不老药。他穿着黑色的道士长衣，系着黄色的腰带，戴着一顶明亮红色和金色帽子，穿着一双绿色的鞋子。他的脸像瓜一样圆。他的眼睛像星星一样明亮。

"先生，你好！"唐僧说。

道士抬起头看，很吃惊，长生不老药掉在地

---

[22] 芽　　　　yá – bud, sprout
[23] 炼丹(术)　liàndān (shù) is Chinese alchemy. It provides methods for extending life and purifying one's spirit, mind and body. Alchemists often mixed and drank elixirs containing toxic metals such as mercury, lead and arsenic in their quest for immortality.

shàng. Tā shuō, "Qǐng jìn, qǐng jìn, jìnlái zuò." Sì wèi yóurén zǒu le jìnlái, zuò xià. Dàojiào dàshī ràng liǎng gè nánhái qù chúfáng ná chá.

Zhīzhū Wǎng Dòng lǐ de qī gè móguǐ zhèng duǒ zài sìmiào de hòumiàn. Tāmen kàndào nánháimen zhèngzài zhǔnbèi chá. Qízhōng yìrén shuō, "Háizi, shénme kèrén lái le?"

"Sì gè fójiào héshang," qízhōng yígè nánhái huídá.

"Tāmen zhōng yǒu méiyǒu yígè bái pàng héshang?"

"Yǒu."

"Tāmen zhōng yǒu méiyǒu yígè cháng zuǐ dà ěr de?"

"Yǒu."

"Nà jiù gěi tāmen sòng chá, qiāoqiāo de gàosù nǐ shīfu lái zhèlǐ. Wǒmen bìxū hé tā tán tán."

Nánhái gěi tā de shīfu hé sì wèi yóurén sòng le wǔ bēi chá. Ránhòu tā gěi tā de shīfu zhǎ le yíxià yǎn. Nà shīfu shuō, "Qǐng yuánliàng wǒ zǒu kāi yì fēnzhōng," ránhòu huí dào chúfáng. Dāng tā zǒu jìn

上。他说，"请进，请进，进来坐。"四位游人走了进来，坐下。道教大师让两个男孩去厨房拿茶。

蜘蛛网洞里的七个魔鬼正躲在寺庙的后面。她们看到男孩们正在准备茶。其中一人说，"孩子，什么客人来了？"

"四个佛教和尚，"其中一个男孩回答。

"他们中有没有一个白胖和尚？"

"有。"

"他们中有没有一个长嘴大耳的？"

"有。"

"那就给他们送茶，悄悄地告诉你师父来这里。我们必须和他谈谈。"

男孩给他的师父和四位游人送了五杯茶。然后他给他的师父眨了一下眼。那师父说，"请原谅我走开一分钟，"然后回到厨房。当他走进

chúfáng shí, qī gè móguǐ guì dǎo zài dìshàng. Tā duì tāmen shuō, "Jiěmèimen, nǐmen wèishénme yào hé wǒ tánhuà? Wǒ bùxiǎng zài zhèlǐ yǒu rènhé máfan, wǒ zhǐ xiǎng ānjìng de shēnghuó. Xiànzài nǐmen ràng wǒ méiyǒu bànfǎ zhàogù wǒ de kèrén. Nǐmen zěnme kěyǐ zhème méiyǒu lǐmào ne?"

Qízhōng yígè móguǐ huídá shuō, "Qīn'ài de xiōngdì, nánhái gānggāng gàosù wǒmen, sì gè fójiào héshang gānggāng lái dào zhèlǐ. Yígè rén yǒu yì zhāng bái pàng de liǎn. Lìng yígè shì cháng zuǐ dà ěr. Duì ma?" Dàoshì diǎn le diǎn tóu, shénme yě méi shuō. Tā jìxù shuō, "Wǒmen rènshí zhè wèi héshang. Tā bèi Táng huángdì sòng qù xītiān qǔjīng. Jīntiān zǎoshàng tā lái dào wǒmen de shāndòng yào shíwù. Wǒmen zhuā le tā."

"Nǐmen wèishénme nàyàng zuò?"

"Wǒmen tīng shuōguò zhè wèi héshang. Tā yǐjīng xué dào shí shēng le. Rènhé chī tā ròu de rén dōuhuì yǒngyuǎn huózhe. Zhè jiùshì wǒmen zhuā tā de yuányīn. Hòulái, cháng zuǐ héshang zài wēnquán lǐ zhǎodào le wǒmen. Tā tōu le wǒmen de yīfú. Ránhòu tā hé wǒmen yìqǐ tiào jìn le shuǐ lǐ, zhū! Tā hé wǒmen yìqǐ zài shuǐzhōng yóu lái yóu qù. Hěnduō cì tā yóu dào wǒmen liǎng tuǐ zhījiān! Tā yìdiǎn lǐmào

厨房时，七个魔鬼跪倒在地上。他对她们说，"姐妹们，你们为什么要和我谈话？我不想在这里有任何麻烦，我只想安静地生活。现在你们让我没有办法照顾我的客人。你们怎么可以这么没有礼貌呢？"

其中一个魔鬼回答说，"亲爱的兄弟，男孩刚刚告诉我们，四个佛教和尚刚刚来到这里。一个人有一张白胖的脸。另一个是长嘴大耳。对吗？"道士点了点头，什么也没说。她继续说，"我们认识这位和尚。他被唐皇帝送去西天取经。今天早上他来到我们的山洞要食物。我们抓了他。"

"你们为什么那样做？"

"我们听说过这位和尚。他已经学道十生了。任何吃他肉的人都会永远活着。这就是我们抓他的原因。后来，长嘴和尚在温泉里找到了我们。他偷了我们的衣服。然后他和我们一起跳进了水里，猪！他和我们一起在水中游来游去。很多次他游到我们两腿之间！他一点礼貌

dōu méiyǒu. Ránhòu tā xiǎng yào yòng tā de bàzi shā sǐ wǒmen. Wǒmen bùnéng dǎ yíng tā, suǒyǐ wǒmen ràng wǒmen de qī gè erzi qù hé tā zhàndòu. Ránhòu wèi le ānquán, wǒmen lái dào zhèlǐ. Wǒmen bù zhīdào wǒmen de érzi shì huózhe, háishì sǐ le. Wǒmen qiú nǐ wèi wǒmen bàochóu!"

Dàoshi biàn dé fènnù qǐlái. "Bié dānxīn, wǒ huì jiějué zhèxiē fànfǎ de rén. Gēn wǒ lái." Tā zǒu jìn zìjǐ de fángjiān, pá dào liáng shàng. Tā bǎshǒu shēn jìn liáng lǐ, zhuā qǐ yígè xiǎo pí xiāng. Xiāngzi shàng yǒu yì bǎ suǒ. Dàoshì bǎ shǒu shēn jìn xiùzi lǐ, ná chū yì bǎ xiǎo yàoshi. Tā yòng yàoshi dǎkāi le xiāngzi. Ránhòu tā ná chū yígè bùdài. Dàizi lǐ yǒu shénme?

Yìqiān jīn niǎo shǐ

Zhǔ hěn cháng shíjiān, zhídào zhǐ shèng xià yìbēi

Zài zhǔ dào zhǐ shèng xià yì sháo

Ránhòu chǎo, zhǔ, zài zhǔ

Zuìhòu, tā chéngwéi zuì qiáng dà de dúyào

Zhǐyào chī yí lì, jiù huì hěn kuài kàndào Yánluó Wáng

都没有。然后他想要用他的耙子杀死我们。我们不能打赢他，所以我们让我们的七个儿子去和他战斗。然后为了安全，我们来到这里。我们不知道我们的儿子是活着、还是死了。我们求你为我们报仇！"

道士变得愤怒起来。"别担心，我会解决这些犯法的人。跟我来。"他走进自己的房间，爬到梁上。他把手伸进梁里，抓起一个小皮箱。箱子上有一把锁。道士把手伸进袖子里，拿出一把小钥匙。他用钥匙打开了箱子。然后他拿出一个布袋。袋子里有什么？

一千斤鸟屎

煮很长时间，直到只剩下一杯

再煮到只剩下一勺[24]

然后炒，煮，再煮

最后，它成为最强大的毒药

只要吃一粒，就会很快看到阎罗王

---

[24] 勺　　　sháo – spoon(ful)

Sān lì kěyǐ shā sǐ yí wèi shén huò xiānrén

Dàoshì cóng dàizi lǐ ná chū shí'èr lì dúyào. Tā ná le shí'èr kē zǎo, zài měi kē zǎo shàng dōu wā le yígè xiǎo dòng. Tā zài měi kē zǎo lǐ fàng jìn yí lì dúyào. Wánchéng hòu, tā zài sì gè bùtóng de chábēi zhōng, jiāng sān kē yǒu dú de zǎo fàng rù měi gè chábēi lǐ. Zài tā zìjǐ de bēizi lǐ, tā fàng jìn le liǎng kē méiyǒu dúyào de zǎo.

Tā shuō, "Wǒ huì wèn tāmen yìxiē wèntí. Rúguǒ wǒ fāxiàn tāmen láizì Táng, wǒ jiù huì jiào rén huàn xīn de chá. Yòng zhèxiē chábēi. Wǒ huì gěi tāmen dú chá. Tāmen jiāng huì hē chá, ránhòu sǐqù. Nǐmen jiù bào le nǐmen de chóu le."

Tā huí dào le sì wèi yóurén zuòzhe de fángjiān. "Qǐng yuánliàng wǒ, wǒ bìxū zài chúfáng lǐ jiějué yìxiē shìqing. Xiānshēng, qǐngwèn nǐ cóng nǎlǐ lái?"

Tángsēng huídá, "Wǒ bèi Táng huángdì sòng qù xītiān Léiyīn Sì qǔjīng. Wǒmen jīngguò nǐ de sìmiào, xiǎng jìnlái bàibài."

"Zhèlǐ fēicháng huānyíng nǐ," dàoshì shuō. Ránhòu tā zhuǎnxiàng nán

## 三粒可以杀死一位神或仙人

道士从袋子里拿出十二粒毒药。他拿了十二颗枣[25]，在每颗枣上都挖了一个小洞。他在每颗枣里放进一粒毒药。完成后，他在四个不同的茶杯中，将三颗有毒的枣放入每个茶杯里。在他自己的杯子里，他放进了两颗没有毒药的枣。

他说，"我会问他们一些问题。如果我发现他们来自唐，我就会叫人换新的茶。用这些茶杯。我会给他们毒茶。他们将会喝茶，然后死去。你们就报了你们的仇了。"

他回到了四位游人坐着的房间。"请原谅我，我必须在厨房里解决一些事情。先生，请问你从哪里来？"

唐僧回答，"我被唐皇帝送去西天雷音寺取经。我们经过你的寺庙，想进来拜拜。"

"这里非常欢迎你，"道士说。然后他转向男

---

25 枣　　　zǎo – jujube, date

hái shuō, "Háizi, mǎshàng gěi wǒmen de kèrén ná yìxiē xīnchá!" Nánhái zǒu jìn chúfáng. Tā cóng nǚ móguǐ nàlǐ jiēguò le fàngzhe wǔ gè chábēi de pánzi, názhe chá huílái le. Dàoshì gěi měi gè yóurén yígè zhuāng yǒu sān kē zǎo de bēizi. Tā zhǐ ná le zhuāng yǒu liǎng kē zǎo de bēizi.

Sūn Wùkōng kàndào dàoshì de bēizi lǐ zhǐyǒu liǎng kē zǎo. "Xiānshēng," tā shuō, "wǒmen huàn bēizi ba."

Dàoshì xiào le xiào, shuō, "Zhù zài sēnlín lǐ, wǒmen méiyǒu hěnduō shíwù kěyǐ chī. Wǒ zhǐ néng zhǎodào shí'èr kē hǎo zǎo. Nǐmen shì wǒ zūnjìng de kèrén, suǒyǐ wǒ xīwàng bǎ tāmen gěi nǐmen. Wǒ chī zhè liǎng kē bú nàme hàochī de lǎo zǎo."

Sūn Wùkōng kāishǐ yāo qù zhēnglùn, dànshì Tángsēng chā le jìnlái, shuō, "Wùkōng, zhège rén shì hǎoxīn. Hē nǐ de chá, búyào hé tā zhēnglùn." Sūn Wùkōng bú zài shuōhuà, dàn tā méiyǒu hē chá.

Zhū jiāng shǒu shēn jìn rè chá zhòng, zhuā qǐ tā de sān kē zǎo. Tā mǎshàng bǎ tāmen chī le. Tángsēng hé Shā bǐjiào yǒu lǐmào, tāmen hē le chá. Jǐ miǎo zhōng hòu, tāmen sān gè rén dōu yūn dǎo zài dìshàng.

孩说，"孩子，马上给我们的客人拿一些新茶！"男孩走进厨房。他从女魔鬼那里接过了放着五个茶杯的盘子，拿着茶回来了。道士给每个游人一个装有三颗枣的杯子。他只拿了装有两颗枣的杯子。

孙悟空看到道士的杯子里只有两颗枣。"先生，"他说，"我们换杯子吧。"

道士笑了笑，说，"住在森林里，我们没有很多食物可以吃。我只能找到十二颗好枣。你们是我尊敬的客人，所以我希望把它们给你们。我吃这两颗不那么好吃的老枣。"

孙悟空开始要去争论，但是唐僧插了进来，说，"悟空，这个人是好心。喝你的茶，不要和他争论。"孙悟空不再说话，但他没有喝茶。

猪将手伸进热茶中，抓起他的三颗枣。他马上把它们吃了。唐僧和沙比较有礼貌，他们喝了茶。几秒钟后，他们三个人都晕倒在地上。

Sūn Wùkōng tiào le qǐlái, bǎ chábēi rēng xiàng dàoshì.

"Nǐ zhège chùsheng!" tā hǎn dào. "Kàn kàn nǐ zuò le shénme. Wǒmen duì nǐ zuòguò shènme le?"

Dàoshì huídá shuō, "Nǐ zìjǐ zhǎo de, nǐ zhège chùsheng. Nǐ búshì zài Zhīzhū Wǎng Dòng yào shíwù ma? Nǐ búshì zài wēnquán lǐ xǐzǎo ma?"

"Nàge wēnquán lǐ yǒu nǚ móguǐ! Nǐ zhīdào zhè jiàn shì, suǒyǐ nǐ bìxū hé tāmen chéngwéi péngyǒu. Nǐ zìjǐ kěnéng yěshì yígè èmó. Zài nàlǐ búyào dòng, shì shì wǒ de bàng!" Tā bá chū jīn gū bàng, dǎ xiàng dàoshì de liǎn shàng. Dàoshì duǒ kāi le, bá chū yì bǎ jiàn, kāishǐ zhàndòu. Qí gè nǚ móguǐ tīngdào le zhàndòu de shēngyīn. Tāmen pǎo chū chúfáng, dǎkāi tāmen de chènshān. Mó sī shéng cóng tāmen de dùqí lǐ chūlái, bǎng zhù le Sūn Wùkōng.

Dàn zhè duì hóu wáng lái shuō bú shì wèntí. Tā shuō le yìxiē mó yǔ, yòng jīndǒu yún, fēi xiàng kōngzhōng. Tā táopǎo le, dàn tā bù gāoxìng. Tā xiǎng, "Zhè tài kěpà le. Wǒ yǐqián cónglái méiyǒu jiànguò zhèyàng de shìqing. Wǒ de shīfu hé wǒ de xiōngdìmen dōu bèi dú

孙悟空跳了起来，把茶杯扔向道士。"你这个畜生[26]！"他喊道。"看看你做了什么。我们对你做过什么了？"

道士回答说，"你自己找的，你这个畜生。你不是在蜘蛛网洞要食物吗？你不是在温泉里洗澡吗？"

"那个温泉里有女魔鬼！你知道这件事，所以你必须和她们成为朋友。你自己可能也是一个恶魔。在那里不要动，试试我的棒！"他拔出金箍棒，打向道士的脸上。道士躲开了，拔出一把剑，开始战斗。七个女魔鬼听到了战斗的声音。她们跑出厨房，打开她们的衬衫。魔丝绳从她们的肚脐里出来，绑住了孙悟空。

但这对猴王来说不是问题。他说了一些魔语，用筋斗云，飞向空中。他逃跑了，但他不高兴。他想，"这太可怕了。我以前从来没有见过这样的事情。我的师父和我的兄弟们都被毒

---

[26] 畜生　　　chùsheng – brute

chá dú le. Wǒ bù zhīdào gāi zěnme bàn. Wǒ xiǎng wǒ huì zàicì jiào lái tǔdì shén."

Suǒyǐ tā yòu huí dào le dìshàng. Tā zuò le yígè mó shǒushì, shuō le "Om" zhège zì. Zhè ràng lǎoshén yòu lái le.

Lǎoshén xià dé fādǒu. Tā shuō, "Dà shèng, nǐ zěnme lái le? Wǒ yǐwéi nǐ qù jiù nǐ de shīfu le."

"Wǒ jīntiān zǎoshàng jiù le tā," Sūn Wùkōng huídá. "Hòulái wǒmen dào le Huánghuā Miào. Nàlǐ de dàojiào dàshī duì wǒmen hěn hǎo, dàn hòulái tā gěi wǒ de shīfu hé wǒ de liǎng gè túdì xiōngdì hē le dú chá. Tā kāishǐ shuō zài wēnquán lǐ xǐzǎo de shì, suǒyǐ wǒ mǎshàng jiù zhīdào tā shì ge móguǐ. Wǒmen kāishǐ zhàndòu. Ránhòu qī gè nǚ móguǐ cóng chúfáng lǐ chūlái, cānjiā le zhàndòu. Tāmen yòng sī shéng bǎng zhù le wǒ, dàn wǒ táozǒu le. Xiànzài wǒ xūyào gèng duō de liǎojiě zhèxiē móguǐ. Gàosù wǒ nǐ zhīdào de guānyú tāmen de yíqiè."

Fādǒu de lǎoshén shuō, "Èmó lái dào zhèlǐ bú dào shí nián. Tāmen zhēn de shì zhīzhū jīng. Sī shéng zhēn de shì zhīzhū wǎng."

"Zhè jiùshì wǒ xūyào zhīdào de," Sūn Wùkōng huídá shuō. Tā

茶毒了。我不知道该怎么办。我想我会再次叫来土地神。"

所以他又回到了地上。他做了一个魔手势，说了"Om"这个字。这让老神又来了。

老神吓得发抖。他说，"大圣，你怎么来了？我以为你去救你的师父了。"

"我今天早上救了他，"孙悟空回答。"后来我们到了黄花庙。那里的道教大师对我们很好，但后来他给我的师父和我的两个徒弟兄弟喝了毒茶。他开始说在温泉里洗澡的事，所以我马上就知道他是个魔鬼。我们开始战斗。然后七个女魔鬼从厨房里出来，参加了战斗。她们用丝绳绑住了我，但我逃走了。现在我需要更多地了解这些魔鬼。告诉我你知道的关于她们的一切。"

发抖的老神说，"恶魔来到这里不到十年。她们真的是蜘蛛精。丝绳真的是蜘蛛网。"

"这就是我需要知道的，"孙悟空回答说。他

gàosù tǔdì shén, tā kěyǐ líkāi le. Tā cóng tóushàng bá xià qīshí gēn máofà, dī shēng shuō "Biàn," bǎ tāmen biàn chéng le qīshí zhī xiǎo hóuzi. Ránhòu, tā zài tā de jīn gū bàng shàng chuī le yì kǒu qì, dī shēng shuō le yì shēng "Biàn," bǎ tā biàn chéng le qīshí bǎ chāzi. Tā gěi měi zhī xiǎo hóuzi yì bǎ chāzi. Ránhòu suǒyǒu de xiǎo hóuzi dōu gōngjī móguǐ. Móguǐ xiǎng yào yòng sī shéng gài zhù xiǎo hóuzi, dàn xiǎo hóuzi yòng chāzi tuō zhù le suǒyǒu de sī shéng. Ránhòu hóuzi zhuā zhù qī gè móguǐ, bǎ tāmen tuō chū shāndòng, yòng pǔtōng de shéngzi bǎ tāmen bǎng qǐlái.

"Bǎ wǒ de shīfu hé wǒ de xiōngdì huán gěi wǒ," Sūn Wùkōng duì zhīzhū móguǐ hǎn dào.

"Gēge," zhīzhū móguǐ duì dàojiào dàshī dà jiàozhe, "bǎ Tángsēng huán gěi tā. Ràng wǒmen huó xiàqù ba!"

Dàojiào dàshī cóng shāndòng lǐ hǎn dào, "Bùxíng, wǒ yào chī Tángsēng. Wǒ bāng bùliǎo nǐmen."

Zhè ràng Sūn Wùkōng hěn shēngqì. Tā bǎ qīshí gè chāzi dōu ná huí dào tā de jīn gū bàng lǐ. Ránhòu tā yòng bàng shā sǐ le suǒyǒu qī gè zhīzhū móguǐ. Dāng tā shā sǐ móguǐ hòu, tā pǎo jìn shāndòng hé dàoshì

告诉土地神，他可以离开了。他从头上拔下七十根毛发，低声说"变，"把它们变成了七十只小猴子。然后，他在他的金箍棒上吹了一口气，低声说了一声"变，"把它变成了七十把叉子。他给每只小猴子一把叉子。然后所有的小猴子都攻击魔鬼。魔鬼想要用丝绳盖住小猴子，但小猴子用叉子拖住了所有的丝绳。然后猴子抓住七个魔鬼，把她们拖出山洞，用普通的绳子把她们绑起来。

"把我的师父和我的兄弟还给我，"孙悟空对蜘蛛魔鬼喊道。

"可可，"蜘蛛魔鬼对道教大师大叫着，"把唐僧还给他。让我们活下去吧！"

道教大师从山洞里喊道，"不行，我要吃唐僧。我帮不了你们。"

这让孙悟空很生气。他把七十个叉子都拿回到他的金箍棒里。然后他用棒杀死了所有七个蜘蛛魔鬼。当他杀死魔鬼后，他跑进山洞和道士

zhàndòu.

Zhè shì yì chǎng wěidà de zhàndòu. Hóu wáng hé dàoshì dōu zài wèi Tángsēng zhàndòu. Sūn Wùkōng hěn qiángdà, dàn dàoshì hěn cōngmíng, hěn kuài. Bàng hé jiàn yícì yòu yícì de zá zài yìqǐ. Tāmen dǎ le wǔ, liùshí gè láihuí. Hǎoduō de huī hé tǔ, sēnlín lǐ de dòngwù dōu xià huài le, pǎo kāi le. Xīngxīng bújiàn le, huī wù gài mǎn le tiāndì.

Jīngguò cháng shíjiān de zhàndòu, dàoshì biàn dé hěn lèi. Tā lā kāi yāodài, tuō xià hēi cháng yī. "Hā!" Sūn Wùkōng shuō. "Rúguǒ nǐ chuānzhe cháng yī bùnéng dǎbài wǒ, nǐ tuō xià cháng yī yòu zěnme néng dǎbài wǒ?"

Dàn dàoshì zài tā de cháng yī xià cáng le lìng yí jiàn wǔqì. Tā jǔ qǐ shuāng bì. Zài tā de xiōng qián yǒu yìqiān zhī yǎnjīng. Tāmen fāzhe míngliàng jīnsè de guāng, xiàng huǒ yíyàng. Hòu hòu de huángsè yānwù cóng yǎnjīng lǐ chūlái. Sūn Wùkōng shénme yě kàn bújiàn le. Tā shìzhe yòng tā de bàng jī zhòng dàoshì, dàn tā kàn bú dào tā de dírén. Tā biàn dé fēicháng rè. Tā tiào dào kōngzhōng, shìzhe yào zá suì jīnsè de yǎnjīng. Dàn tā shénme yě méi zádào. Tā dǎo zài dìshàng. Tā de tóu hěn tòng.

战斗。

这是一场伟大的战斗。猴王和道士都在为唐僧战斗。孙悟空很强大，但道士很聪明，很快。棒和剑一次又一次地砸在一起。他们打了五、六十个来回。好多的灰和土，森林里的动物都吓坏了，跑开了。星星不见了，灰雾盖满了天地。

经过长时间的战斗，道士变得很累。他拉开腰带，脱下黑长衣。"哈！"孙悟空说。"如果你穿着长衣不能打败我，你脱下长衣又怎么能打败我？"

但道士在他的长衣下藏了另一件武器。他举起双臂。在他的胸前有一千只眼睛。它们发着明亮金色的光，像火一样。厚厚的黄色烟雾从眼睛里出来。孙悟空什么也看不见了。他试着用他的棒击中道士，但他看不到他的敌人。他变得非常热。他跳到空中，试着要砸碎金色的眼睛。但他什么也没砸到。他倒在地上。他的头很痛。

"A, zhè hěn bù hǎo," tā xiǎng. "Wǒ bùnéng xiàng zuǒ huò xiàng yòu zǒu, wǒ bùnéng xiàng qián huò xiàng hòu zǒu, wǒ bùnéng shàngqù. Wǒ xiǎng wǒ zhǐ néng xiàqù."

Tā niàn le yígè mó yǔ, yáo le yáo, biàn chéng le yì zhī chuānshānjiǎ. Tā yòng jiān tiě zhuǎ wā dì. Tā wā le yìtiáo liù lǐ cháng de suìdào. Jīnguāng zhǐ néng xíng sān lǐ zuǒyòu. Tā yòu wā le suìdào, huí dào dìmiàn. Ránhòu tā tǎng zài dìshàng, yìdiǎn lì dōu méi le.

Dāng tā tǎng zài dìshàng shí, tā tīngdào le kū shēng. Tā xiǎng,

> Yì shuāng lèiyǎn duìzhe lìng yì shuāng lèiyǎn
> Yì kē suì le de xīn duìzhe lìng yì kē suì le de xīn

Tā duì tā shuō, "Fùrén, nǐ wèishénme kū?"

Tā shuō, "Wǒ zhàngfū yīnwèi yìxiē shēngyì shàng de zhēnglùn, bèi Huánghuā Miào de shīfu shā sǐ le. Nà shīfu yòng le dú chá. Xiànzài wǒ zài tā de fénmù shàng, gěi tā shāo yìxiē zhǐqián."

"啊，这很不好，"他想。"我不能向左或向右走，我不能向前或向后走，我不能上去。我想我只能下去。"

他念了一个魔语，摇了摇，变成了一只穿山甲[27]。他用尖铁爪挖地。他挖了一条六里长的隧道[28]。金光只能行三里左右。他又挖了隧道，回到地面。然后他躺在地上，一点力都没了。

当他躺在地上时，他听到了哭声。他想，

一双泪眼对着另一双泪眼
一颗碎了的心对着另一颗碎了的心

他对她说，"妇人，你为什么哭？"

她说，"我丈夫因为一些生意上的争论，被<u>黄花庙</u>的师父杀死了。那师父用了毒茶。现在我在他的坟墓上，给他烧一些纸钱。"

---

[27] 穿山甲　　chuānshānjiǎ – pangolin, also called the scaly anteater. It's a large nocturnal mammal that looks much like an armadillo. They nest in hollow trees or underground burrows and live on a diet of ants and termites.

[28] 隧道　　suìdào – tunnel

"Wǒ shì Sūn Wùkōng, sēngrén Tángsēng de dà túdì. Wǒmen qiánwǎng xītiān, jīngguò Huánghuā Miào. Wǒmen zài nàlǐ tíng xiàlái xiūxi, dàn dàojiào dàshī shì qī gè zhīzhū èmó de xiōngdì. Dàojiào dàshī bǎ dú chá gěi le wǒ de shīfu hé wǒ de liǎng gè xiōngdì. Wǒ méiyǒu hē chá. Dàojiào dàshī hé qī gè zhīzhū móguǐ gōngjī le wǒ. Wǒ hé tāmen zhàndòu, shā sǐ le qī gè zhīzhū móguǐ. Ránhòu wǒ hé dàojiào dàshī zhàndòu. Tā tuō xià chènshān, yòng yìqiān zhī yǎnjīng ràng wǒ kàn bújiàn dōngxi. Wǒ biàn chéng chuānshānjiǎ, zài dìxià wā le suìdào cái táo chūlái."

"Nǐ bù zhīdào nàge dàojiào dàshī. Tā jiùshì Bǎiyǎn Mówáng. Nǐ yídìng yǒu qiángdà de mólì hé tā zhàndòu, érqiě réngrán huózhe, yīnwèi tā fēicháng qiángdà. Wǒ rènshí yígè kěyǐ dǎbài mówáng de shèngrén, dàn zhè kěnéng duì nǐ de péngyǒu méiyǒu bāngzhù. Shèngrén zhù zài lí zhèlǐ hěn yuǎn de dìfāng, dúyào huì zài sān tiān lǐ shā sǐ nǐ de péngyǒu."

"Wǒ kěyǐ xíng dé fēicháng kuài. Gàosù wǒ zhège shèngrén zhù zài nǎlǐ."

"Hǎo ba. Zhèlǐ xiàng nán sānbǎi lǐ wài shì Zǐyún Shān. Zài nà zuò shānzhōng yǒu gè Qiānhuā Dòng. Zhù zài nàge shāndòng lǐ de shì shèngrén Pí

"我是孙悟空，僧人唐僧的大徒弟。我们前往西天，经过黄花庙。我们在那里停下来休息，但道教大师是七个蜘蛛恶魔的兄弟。道教大师把毒茶给了我的师父和我的两个兄弟。我没有喝茶。道教大师和七个蜘蛛魔鬼攻击了我。我和他们战斗，杀死了七个蜘蛛魔鬼。然后我和道教大师战斗。他脱下衬衫，用一千只眼睛让我看不见东西。我变成穿山甲，在地下挖了隧道才逃出来。"

"你不知道那个道教大师。他就是百眼魔王。你一定有强大的魔力和他战斗，而且仍然活着，因为他非常强大。我认识一个可以打败魔王的圣人，但这可能对你的朋友没有帮助。圣人住在离这里很远的地方，毒药会在三天里杀死你的朋友。"

"我可以行得非常快。告诉我这个圣人住在哪里。"

"好吧。这里向南三百里外是紫云山。在那座山中有个千花洞。住在那个山洞里的是圣人毗

Lán. Tā kěyǐ dǎbài móguǐ."

Shuō wán zhè jù huà, nà nǚrén jiù bújiàn le. Sūn Wùkōng tái qǐtóu, kàndào tā fēi zǒu le. Tā fēi zài tā shēnhòu, jiào dào, "Púsà fūrén, qǐng gàosù wǒ nǐ de míngzì, zhèyàng wǒ jiù kěyǐ gǎnxiè nǐ le."

Tā huídá shuō, "Dà shèng, shì wǒ." Tā zǐxì kàn le kàn, fāxiàn tā shì Lí Shān Lǎo Fùrén. Tā jìxù shuō, "Wǒ cóng Lóngchuán Jié huílái. Wǒ kàndào nǐ de shīfu yǒu máfan le. Xiànzài kuài qù zhǎodào shèngrén. Dàn búyào gàosù tā shì wǒ ràng nǐ qù de. Tā kěnéng yǒudiǎn nán jiǎnghuà." Ránhòu tā fēi zǒu le.

Sūn Wùkōng yòng jīndǒu yún hěn kuài qù le Zǐyún Shān. Tā dào le nàlǐ, zhǎodào le Qiānhuā Dòng. Dòng de sìzhōu dōu shì xǔduō yánsè de huā. Zài dòng de shàngmiàn, tā kàndào le yì duǒ jíxiáng de yún.

Tā hěn gāoxìng kàndào měilì de huāduǒ hé tiānshàng jíxiáng de yún. Dàn dāng tā jìnrù shāndòng shí, lǐmiàn yípiàn ānjìng. Tā yí bù bù de wǎng shāndòng lǐ zǒu qù. Zǒu le yì lǐ duō hòu, tā kàndào le yígè dàojiào nígū. Tā zuò zài ǎi chuáng shàng. Tā chuānzhe yí jiàn jīnsè de sīchóu cháng yī, dàizhe yì dǐng wǔ huā xiù mào. Tā de liǎn hěn lǎo,

蓝。她可以打败魔鬼。”

说完这句话，那女人就不见了。孙悟空抬起头，看到她飞走了。他飞在她身后，叫道，“菩萨夫人，请告诉我你的名字，这样我就可以感谢你了。”

她回答说，“大圣，是我。”他仔细看了看，发现她是黎山老妇人。她继续说，“我从龙华节回来。我看到你的师父有麻烦了。现在快去找到圣人。但不要告诉她是我让你去的。她可能有点难讲话。”然后她飞走了。

孙悟空用筋斗云很快去了紫云山。他到了那里，找到了千花洞。洞的四周都是许多颜色的花。在洞的上面，他看到了一朵吉祥的云。

他很高兴看到美丽的花朵和天上吉祥的云。但当他进入山洞时，里面一片安静。他一步步地往山洞里走去。走了一里多后，他看到了一个道教尼姑。她坐在矮床上。她穿着一件金色的丝绸长衣，戴着一顶五花绣帽。她的脸很老，

dàn tā de yǎnjīng hěn liàng, tā de shēngyīn jiù xiàng niǎo er de gēshēng. Tā zhīdào zhè jiùshì Pí Lán púsà, Qiānhuā Dòng de fózǔ.

"Nǐ hǎo, Pí Lán púsà," tā shuō.

"Nǐ hǎo, dà shèng," tā huídá.

Tīngdào zhè, tā hěn chījīng. "Nǐ zěnme zhīdào wǒ de míngzì?" tā wèn.

"Nǐ zài tiāngōng zhǎo máfan de shíhòu, nǐ de huàxiàng jiù bèi chuán le chūqù. Měi gè rén dōu zhīdào nǐ shì shuí."

"Shì de, 'hǎoshì bù chū jiāmén, dàn huàishì huì chuán dé hěn yuǎn. 'Nǐ bù zhīdào ba, wǒ xiànzài shì ge fójiàotú. Wǒ xūyào nǐ de bāngzhù. Wǒ de shīfu zhèngzài qiánwǎng xītiān qǔ fójīng. Tā hē le Huánghuā Miào lǐ dàojiào dàshī gěi tā de dú chá. Wǒ táo le chūlái, dàn wǒ de shīfu hé wǒ de liǎng gè xiōngdì bèi kùn zài tā de shāndòng lǐ. Rúguǒ nǐ bùnéng bāngzhù tāmen, tāmen hěn kuài jiù huì sǐqù."

"Nǐ zěnme zhīdào wǒ? Wǒ zài zhèlǐ shēnghuó le sānbǎi nián, méiyǒu rén tīngshuōguò wǒ."

但她的眼睛很亮，她的声音就像鸟儿的歌声。他知道这就是毗蓝菩萨，千花洞的佛祖。

"你好，毗蓝菩萨，"他说。

"你好，大圣，"她回答。

听到这，他很吃惊。"你怎么知道我的名字？"他问。

"你在天宫找麻烦的时候，你的画像就被传了出去。每个人都知道你是谁。"

"是的，'好事不出家门，但坏事会传得很远。'你不知道吧，我现在是个佛教徒。我需要你的帮助。我的师父正在前往西天取佛经。他喝了黄花庙里道教大师给他的毒茶。我逃了出来，但我的师父和我的两个兄弟被困在他的山洞里。如果你不能帮助他们，他们很快就会死去。"

"你怎么知道我？我在这里生活了三百年，没有人听说过我。"

"Wǒ shì dàdì de móguǐ, nǐ zài rènhé dìfāng wǒ dōu néng zhǎodào nǐ."

"Hǎo ba. Wǒ bù yìnggāi qù, dàn wǒ zhīdào, Tángsēng de xīxíng yídìng yào chénggōng. Wǒ huì bāngzhù nǐ de."
Tāmen yìqǐ kai shǐ xiàng Huánghuā Miào fēi qù.

Tāmen yìqǐ fēi de shíhòu, Sūn Wùkōng wèn dào, "Púsà fūrén, qǐng gàosù wǒ nǐ yào yòng shénme wǔqì?"

"Wǒ yǒu yì gēn xiǎo xiùhuā zhēn."

Sūn Wùkōng xiào le qǐlái. "Rúguǒ wǒ zhīdào nǐ yào yòng xiùhuā zhēn, wǒ jiù bú huì lái le. Wǒ yǒu hěnduō zhēn."

"Nǐ de gēn zhè bù yíyàng. Nǐ de zhēn shì yòng tiě, gāng huò jīn zuò de. Wǒ de zhēn shì wǒ de érzi, Mǎo Rì Xīng Guān zuò de. Tā shì zài tàiyáng de huǒyàn zhōng zào chūlái de. Kàn zhège."

Tāmen zhèng zǒu jìn Huánghuā Miào. Tāmen kěyǐ kàndào cóng nàlǐ fāchū de míngliàng huángsè guāng. Pí Lán cóng tā de cháng yī shàng bá chū zhēn, bǎ tā rēng xiàng kōngzhōng. Jǐ miǎo zhōng hòu, chuán lái yì shēng jùdà de shēngyīn. Cóng sìmiào chuán lái de jīnguāng miè le. Zhēn yòu huí dào le Pí Lán

"我是大地的魔鬼，你在任何地方我都能找到
你。"

"好吧。我不应该去，但我知道，唐僧的西行
一定要成功。我会帮助你的。"他们一起开始
向黄花庙飞去。

他们一起飞的时候，孙悟空问道，"菩萨夫
人，请告诉我你要用什么武器？"

"我有一根小绣花针。"

孙悟空笑了起来。"如果我知道你要用绣花
针，我就不会来了。我有很多针。"

"你的跟这不一样。你的针是用铁、钢或金做
的。我的针是我的儿子，昴日星官做的。它是
在太阳的火焰中造出来的。看这个。"

他们正走近黄花庙。他们可以看到从那里发出
的明亮黄色光。毗蓝从她的长衣上拔出针，把
它扔向空中。几秒钟后，传来一声巨大的声
音。从寺庙传来的金光灭了。针又回到了毗蓝

de shǒuzhōng, tā bǎ tā fàng huí dào tā de cháng yī lǐ.

"Tài hǎo le!" Sūn Wùkōng shuō.

Tāmen jìn le shāndòng. Dàojiào dàshī zhàn zài nàlǐ, bìzhe yǎnjīng, méiyǒu dòng. Sūn Wùkōng bá chū tā de bàng, zhǔnbèi zá sǐ dàoshì. Dàn Pí Lán shuō, "Búyào dǎ tā. Qù zhǎo nǐ de shīfu."

Tā jìn le shāndòng de hòumiàn. Tángsēng, Zhū hé Shā tǎng zài dìshàng, kàn qǐlái xiàng shì yào sǐ le. Sūn Wùkōng bù zhīdào gāi zěnme bàn, "Wǒ zěnyàng cáinéng bāngzhù tāmen?" Tā hǎn dào.

"Bié dānxīn, dà shèng," Pí Lán shuō. "Zhè lǐ yǒu sān lì yào, gěi nǐ de shīfu hé xiōngdìmen měi rén yí lì." Tā gěi le tā sān lì hóngsè yào. Tā bǎ yào fàng jìn tāmen měi gè rén de zuǐ lǐ. Jǐ miǎo zhōng hòu, tāmen dōu kāishǐ tǔchū dú chá. Tāmen mǎshàng kāishǐ gǎnjué hǎoduō le.

Sūn Wùkōng gàosù tāmen dú chá de shì, Pí Lán púsà jiù le tāmen. Tángsēng gǎnxiè tā, xiàng tā jūgōng. Zhū biàn dé fēicháng shēngqì, gāojǔzhe bàzi pǎo xiàng dàojiào dàshī.

的手中，她把它放回到她的长衣里。

"太好了！"<u>孙悟空</u>说。

他们进了山洞。道教大师站在那里，闭着眼睛，没有动。<u>孙悟空</u>拔出他的棒，准备砸死道士。但<u>毗蓝</u>说，"不要打他。去找你的师父。"

他进了山洞的后面。<u>唐僧</u>、<u>猪</u>和<u>沙</u>躺在地上，看起来像是要死了。<u>孙悟空</u>不知道该怎么办，"我怎样才能帮助他们？"他喊道。

"别担心，大圣，"<u>毗蓝</u>说。"这里有三粒药，给你的师父和兄弟们每人一粒。"她给了他三粒红色药。他把药放进他们每个人的嘴里。几秒钟后，他们都开始吐出毒茶。他们马上开始感觉好多了。

<u>孙悟空</u>告诉他们毒茶的事，<u>毗蓝</u>菩萨救了他们。<u>唐僧</u>感谢她，向她鞠躬。<u>猪</u>变得非常生气，高举着耙子跑向道教大师。

"Tíng xià, Yuánshuài," Pí Lán shuō."Búyào shā tā. Wǒ de shāndòng lǐ méiyǒu púrén. Wǒ yào bǎ tā dài huí wǒ de shāndòng, zuò wǒ de púrén."

Sūn Wùkōng shuō, "Púsà, xièxiè nǐ de bāngzhù. Wǒmen néng kàn kàn tā zhēn de yàngzi ma?"

"Zhè róngyì," tā huídá shuō. Tā zǒu shàng qián qù, zhǐzhe dàoshì. Tā dǎo zài dìshàng, biàn chéng le yìtiáo jùdà de wúgōng jīng, qī chǐ cháng. Tā yòng xiǎozhǐ bǎ tā zhuā qǐlái, fēi huí Qiānhuā Dòng.

"Nà shì yí wèi qiángdà de fùrén," Zhū shuō, kànzhe Pí Lán fēi qù de fāngxiàng.

Sūn Wùkōng huídá shuō, "Tā gàosù wǒ, tā de érzi shì Mǎo Rì Xīng Guān. Tā zài tàiyáng guāng xià zuò le tā de xiùhuā zhēn. Xiànzài, wǒmen zhīdào Mǎo Rì Xīng Guān qíshí shì yì zhī gōng jī. Suǒyǐ tā de mǔqīn yídìng shì yì zhī mǔ jī. Wǒmen dōu zhīdào mǔ jī fēicháng liǎojiě zěnme qù jiějué wúgōng. Zhè jiùshì wèishénme zhè duì tā láishuō zhème róngyì."

"停下，<u>元帅</u>[29]，"<u>毗蓝</u>说。"不要杀他。我的山洞里没有仆人。我要把他带回我的山洞，做我的仆人。"

<u>孙悟空</u>说，"菩萨，谢谢你的帮助。我们能看看他真的样子吗？"

"这容易，"她回答说。她走上前去，指着道士。他倒在地上，变成了一条巨大的蜈蚣精，七尺长。她用小指把他抓起来，飞回<u>千花洞</u>。

"那是一位强大的妇人，"<u>猪</u>说，看着<u>毗蓝</u>飞去的方向。

<u>孙悟空</u>回答说，"她告诉我，她的儿了是<u>昴日星官</u>。他在太阳光下做了她的绣花针。现在，我们知道<u>昴日星官</u>其实是一只公鸡。所以他的母亲一定是一只母鸡。我们都知道母鸡非常了解怎么去解决蜈蚣。这就是为什么这对她来说这么容易。"

---

[29] Zhu Bajie is also known as Marshal (元帅) of the Heavenly Reeds.

Tángsēng yíbiàn yòu yíbiàn de xiàngzhe Pí Lán fēi qù de fāngxiàng kòutóu. Ránhòu tā shuō, "Túdìmen, wǒmen chī wǎnfàn ba." Shā zǒu jìn chúfáng, wèi wǎnfàn zhǔnbèi yìxiē sùshí. Ránhòu tāmen zǒuchū le shāndòng. Sūn Wùkōng zài chúfáng lǐ diǎn le huǒ. Hěn kuài, shāndòng lǐ de suǒyǒu dōngxi dōu ránshāo le qǐlái. Tāmen kàn le yīhuǐ'er huǒ. Ránhòu tāmen zhuǎnshēn, yòu kāishǐ xiàng xī zǒu.

Wǒmen bù zhīdào tāmen xià yí bù huì fāshēng shénme. Wǒmen huì zài xià yì zhāng zhōng zhīdào.

唐僧一遍又一遍地向着毗蓝飞去的方向叩头。然后他说，"徒弟们，我们吃晚饭吧。"沙走进厨房，为晚饭准备一些素食。然后他们走出了山洞。孙悟空在厨房里点了火。很快，山洞里的所有东西都燃烧了起来。他们看了一会儿火。然后他们转身，又开始向西走。

我们不知道他们下一步会发生什么。我们会在下一章中知道。

# The Demons of Spiderweb Mountain
# Chapter 72

My dear child, do you remember our last story? The Buddhist monk Tangseng and his three disciples – the powerful monkey king Sun Wukong, the pig-man Zhu Bajie, and the big quiet man Sha Wujing – saved the king of Scarlet Purple Kingdom. The king was very ill because one of his queens was taken by a demon. They saved the queen and defeated the demon. To thank them, the king held a big banquet for them. After the banquet, the four travelers said their goodbyes and continued their journey.

They traveled westwards for many months. They passed over many mountains and they crossed many rivers and streams. Autumn turned to winter, and winter turned to early spring. New leaves appeared on trees and the grass turned green again.

One day, the travelers came upon a group of houses under several large trees. The houses were surrounded by a stone wall. Tangseng got down from his horse and looked at the houses. "I am going to walk over there and beg some vegetarian food," he said.

Sun Wukong replied, "Master, please let me do the begging, not you. The ancients say, 'Once a teacher, always a father.' It is not right for you to go begging while your disciples stay here."

"Disciples, it is a beautiful day, there is no wind or rain. And the houses are very near. I will go. If I need help, I will call you." Zhu opened the luggage. He took the begging bowl out of the luggage and handed it to Tangseng along with his cassock and hat.

Tangseng approached the nearest house. In front of the house was a stone bridge. The bridge crossed a small stream and led to a courtyard. Large trees were all around. He could hear the songs of birds in the trees. He stood in front of the bridge. Looking in the window he saw four lovely young women inside the house, sitting and sewing.

Tangseng dared not enter a house with only young women it. So he stood outside for almost a half hour, waiting. He thought to himself, "If I cannot even beg a simple meal, what will my disciples think of me? Why would they be willing to travel with me to the Western Heaven?" He decided to cross the bridge and enter the courtyard.

When he entered the courtyard he saw a small village inside the stone walls. He saw three more young women, just as beautiful as the other four. These three were playing a game. They kicked a ball that was full of air. What were they doing?

> They play with blue sleeves fluttering
> They run with yellow skirts flowing
> They kick the ball, passing it to each other
> Their necklaces sway as they run
> A turning kick is 'Flower Beyond the Wall'
> A backwards somersault is 'Crossing the Sea'
> Hitting the ball with their head is 'A Pearl On Buddha's Head'
> They kick the ball like the Yellow River flowing backwards
> The ball bounces like a goldfish on the river bank
> One has the ball, then others take it away
> They run, they shout
> Their clothes are wet with sweat
> Their hair is disheveled, their necklaces are askew
> Tired and happy, they shout to end their game.

Tangseng watched the game for a while. When it ended, he

walked up to the house and called loudly, "Bodhisattvas, this humble monk begs that you give him a bit of food."

The four women stopped their sewing and looked up. One of them said, "Elder, please forgive us for not meeting you when you entered our poor village. Please come in, come in." She opened two large stone doors.

Tangseng entered the house. He saw that the house was strange. There was a stone table and some stone benches, but no other furniture. He noticed that the house was dark and cold. He realized that the house was really a cave. He began to worry. He thought, "This is an evil place."

"Honored elder, please sit down," said the woman. The house became even colder. Tangseng started to tremble. "Where are you from, sir?" she asked, "and why are you collecting money?"

"I am not collecting money," replied Tangseng, "I have been sent by the Tang Emperor to travel to Thunderclap Mountain in the Western Heaven. I have been commanded to fetch the Buddha's scriptures and bring them back to the land of Tang. We were passing by your noble home when we became hungry. I have come to beg a little bit of vegetarian food. Afterwards, we poor monks will be on our way again."

"Wonderful!" the women said, "We will give you vegetarian food as soon as we can!" Three of the women sat down and began talking with Tangseng, discussing Buddhism and Daoism. The fourth woman went into the kitchen to prepare some food. But the food that she prepared was not vegetarian. She cooked human flesh in a black sauce to make it look like gluten. She cut up human brains so it looked like tofu. Then she cooked it all in human fat.

When she was finished, she brought the food out of the

kitchen. She put the dish on the stone table in front of Tangseng. "Please eat," she said. "I am sorry that we did not have time to prepare a better meal, but this will take care of your hunger."

Tangseng smelled the food. Right away he knew that it was human flesh. He said, "Bodhisattvas, I have been a vegetarian since my birth. I cannot eat this."

"But sir, this is vegetarian food."

"Dear ladies, I am under orders from the Tang Emperor to not harm any living creature. I thank you for this food. But if I eat it I will be breaking my vows. Now, please let me go."

The women jumped up and blocked the door. One of them said, "Oh good, it looks like business has come to our door! You have as much chance of leaving here as of covering a fart with your hands."

Quickly they threw him to the ground and tied him up with rope. Then they hung him from the rafters. One of his hands was held up by a rope and was facing forwards. A second rope held his other hand to his waist. A third rope held up his legs. He hung from the rafters with his back facing up and his belly facing down. This is called "Immortal Pointing the Way."

Tangseng tried not to cry. He thought, "I thought I was begging a bit of vegetarian food from some good people. But now I have fallen into a fire. Oh disciples, where are you? Come quickly and save me!"

Then he saw that the women were starting to take off their clothes. Tangseng watched in fear. But the women only opened their blouses to expose their bellies. Silken ropes came out of each of their navels like flying silver. The ropes covered Tangseng and held tight. The ropes grew longer and longer. They covered the house, and then they grew to cover the entire village.

Meanwhile, the three disciples were waiting on the side of the road. Zhu and Sha were resting and keeping an eye on the luggage. Sun Wukong was jumping around in the trees searching for ripe fruits to eat. He looked up and saw a bright light coming from the place where Tangseng had gone. He jumped down from the tree and shouted for the others to look. Then he whipped out his Golden Hoop Rod and ran towards the light.

When he arrived, he saw thousands of silken ropes lying in a great heap. He touched the ropes with his hand. They felt soft and sticky. He did not know what to do. He thought for a minute. Then he called the local spirit by making a magic sign with his hand and saying the word "Om."

A few seconds later the local spirit appeared. He was an old god, quite afraid of Sun Wukong. He got down on his knees.

"Get up, get up," said Sun Wukong. "I am not going to beat you. Tell me, what is this place?"

The local spirit replied, "Great sage, this is Spiderweb Mountain. Below it is Spiderweb Cave. Seven demon spirits live there."

"What kind of demon spirits are they?"

"They are all female demons. I don't know much about them. But three miles south of here is a hot spring. In the past it was used by the Seven Immortal Women of Heaven. But they left as soon as the seven demon spirits arrived. The demons bathe in the hot spring three times a day. They already bathed this morning. They will come again at noon today."

Sun Wukong told the local spirit that he could leave. Then he shook his body and changed into a tiny fly. He sat on a tree branch near the hot spring and waited.

He waited for about half the time it takes to drink a cup of tea. Then he heard the sound of loud breathing. It sounded like insects eating leaves, or waves on the beach. Seven young women arrived, laughing and talking. What did they look like?

> Like jade but more fragrant
> Like flowers that could speak
> Eyebrows like distant mountains
> Mouths surrounded by red lips
> Beautiful feathers in their hair
> Small feet below red skirts
> They looked like Chang'e flying down to the world below
> Like immortals going down to earth

Sun Wukong laughed and said to himself, "I see why Master wanted to beg food from these beautiful women, but they could be trouble. If each of them wanted him, he would not live more than a couple of days. I must get closer and listen to their words."

He landed on the head of one of the young women. She was saying, "Sisters, let's bathe in the hot spring. Then we will go home and steam that fat monk for dinner." Laughing, they walked forward and pushed open two large wooden doors. Inside was a large pool of hot water. The pool was fifty feet wide, a hundred feet long, and four feet deep. Clouds of steam rose up from the pool. The water was so clear that you could see the bottom.

The young women took off their clothes and hung them on a nearby tree branch. Then they all jumped into the water. They played together in the hot water. Sun Wukong thought, "It would be so easy to kill them all now. But a real man does not fight women. It would hurt my reputation. However, I can make things difficult for them."

He shook himself again and changed into a large eagle. He grabbed all seven sets of clothes in his claws. Then he flew away, carrying the clothes. He changed back to himself and returned to the place where Zhu and Sha were waiting.

"What are these?" asked Zhu, pointing to the clothes.

"These are the clothes of the seven evil demons," replied Sun Wukong.

"How did you take off their clothes?"

"I didn't have to take them off. This place is called Spiderweb Mountain, and the village is Spiderweb Cave. Seven evil demons live in the cave. They captured Master and hung him from the rafters inside the cave. Then they went off to bathe in a hot spring. I watched them take off their clothes and jump into the hot water. I changed into an eagle and grabbed their clothes. Now they are all trapped in the hot water. They are too embarrassed to come out. This is a good time for us to rescue Master."

Zhu replied, "Elder brother, you did not finish the job. You knew they were evil demons. You should have killed them then and there. If you don't, the demons will just wait until dark and then come out of the water when nobody can see them. They will put on some other clothes. Then they will kill and eat Master."

"I will not hit them. If you want to kill them, go and do it yourself."

Zhu picked up his rake. He ran straight towards the hot spring, holding his rake high in the air. He kicked open the gates and looked in. He saw the seven naked women sitting in the water. They were very angry, shouting at the eagle to bring back their clothes.

"You are a disgrace," said the women. "You are a monk and we are women. The ancients say, 'From age seven, boys and girls should not use the same mat together.' You must not bathe with us."

"I am sorry, ladies, but it is very hot today. I must jump in the water." Zhu stripped off his clothes and jumped into the water. The demons were very angry. They rushed at him, but he changed into a large fish spirit. Now he was too fast for them to catch him. If they grabbed east he jumped west, and if they grabbed west he jumped east. Often he would swim between their legs. This continued for a while. Finally Zhu jumped out, changed back to his pig-man form, and put on his clothes.

The demons were very frightened. One of them said, "First you looked like a monk, then you looked like a large fish, now you look like a monk again. What are you?"

"Evil demons, you don't know who I am. I am a disciple of the Tang Monk, traveling to the western heaven to fetch holy scriptures. I am called Zhu Bajie. You have captured my master and you plan to eat him. Is my master just another bit of food for you? I'm going to smash you all with my rake."

The beautiful demons begged him to stop, but he began swinging his rake wildly. Even though they wore no clothes, the demons jumped out of the water and ran a short distance away. Then they turned towards Zhu. From seven navels came seven silken ropes. Zhu was covered by the silken ropes. He tried to move his feet but could not. He fell down, tried to get up, and fell down again. Finally he lay groaning on the ground. The demons tied him up and carried him back to the cave.

Each demon went into her own bedroom and found other clothes to put on. Then they all came out and called, "Where are you, children?"

Seven large insects arrived. They said, "What do you want us to do, mothers?" These seven insects had been captured long ago by the seven demons. The demons did not kill the insects. They let the insects live, but the insects became like sons to the demons, and the demons acted as their mothers.

The demons said to the insects, "Sons, we mistakenly captured a Tang monk. Now his disciples are angry and want to kill us. You must go out, find these disciples, and make them go away. When you are finished, meet us at your uncle's house. We are going there now."

The seven insects changed into the form of small demons and ran out of the cave towards the hot spring.

In the cave, the silken ropes that were covering Zhu suddenly disappeared. He stood up. He was in pain but unharmed. He saw Sun Wukong and told him what happened. Then Sha arrived. The three of them decided to go back to the cave to save their master. But before they arrived at the cave, they saw the seven small demons standing in front of them. The small demons said, "Not so fast, not so fast. We are here."

"These are just little kids," said Zhu, laughing, to his brothers. "They can't weigh more than eight or nine pounds each." Then he said to them, "Who are you?"

The small demons replied, "We are the sons of the seven immortal ladies. You have caused trouble here, now watch out!" The small demons attacked Zhu, who swung his rake wildly at them.

The small demons saw how powerful Zhu was. They changed back into insects. They flew into the air, shouting, "Change!" Each one became ten, each ten became a hundred, each hundred became a thousand, each thousand became ten thousand. The sky was filled with flying insects. They covered the disciples, biting and stinging them all over.

"I must tell you, Elder Brother," said Zhu, waving his hands at the biting insects, "it's not easy journeying to the west to fetch scriptures. Even the insects are giving us a hard time."

"Not a problem," replied Sun Wukong. He pulled out a few hairs, chewed them, and blew them out. He told the hairs to change into many different large birds. The birds flew quickly through the air. They grabbed the insects with their mouths or claws, or smacked them with their wings. In a few minutes, all the insects were dead. The ground was covered a foot deep in dead insects.

The three disciples ran over the bridge and into the cave. They found Tangseng still hanging from the rafters. Sun Wukong cut the ropes easily. He asked Tangseng, "Where are the evil demons?"

Tangseng replied, "All seven ran out the back door. They were calling for their sons."

The three disciples ran out the back door, weapons held high, but they did not see the seven evil demons. "They're gone," said Zhu, sadly. "Let's go back and smash everything in this cave, so they will not have a home to return to."

"That's too much work," said Sun Wukong. "Let's gather some firewood." They collected a large pile of branches, set them on fire, and watched the cave burn.

# Chapter 73

After they burned Spiderweb Cave, the four travelers walked quickly down the road towards the west. A few hours later they arrived at a place with many tall towers. They saw lovely streams running between the buildings. Large trees filled with songbirds were nearby. Pairs of deer walked peacefully between the trees. It was as beautiful as the ancient Tiantai Cave of Liu and Ruan.

"Master," said Sun Wukong, "this is not the home of a rich man or a king. It looks like a Daoist temple or Buddhist monastery."

They reached the gates and saw a sign, "Yellow Flower Temple." Zhu said, "This is a Daoist place, so it must be all right for us to enter."

The four travelers went inside. On the sides of the inner gates they saw two more signs,

> Yellow buds, white snow, the home of an immortal
> Rare and wonderful flowers, the home of men with wings

"So," said Sun Wukong with a grin, "this is a place where a Daoist plays with alchemy."

"Watch your words," replied Tangseng, "we don't know these people."

They went through the inner gate. A Daoist master sat on the floor making elixir pills. He wore a black Daoist robe tied with a yellow sash, a bright red and gold hat, and green shoes. His face was round like a melon. His eyes were as bright as stars.

"Greetings, sir!" said Tangseng.

The Daoist looked up, startled, and the elixir pills fell to the floor. He said, "Please, please, come in and sit down." The four travelers walked in and sat down. The Daoist master sent two boys into the kitchen to fetch tea.

The seven demons from Spiderweb Cave were hiding in the back of the temple. They noticed the boys preparing tea. One of them said, "What visitors have arrived, boy?"

"Four Buddhist monks," replied one of the boys.

"Is one of them a pale fat monk?"

"Yes."

"And does one of them have a long snout and big ears?"

"Yes."

"Then bring them tea, and secretly tell your master to come here. We must speak with him."

The boy brought five cups of tea to his master and the four travelers. Then he winked at his master. The master said, "Excuse me for a minute," and went back into the kitchen. When he entered the kitchen, the seven demons fell to their knees. He said to them, "Why do you need to talk with me, sisters? I don't want any trouble here, I just want to live quietly. And right now you are keeping me from taking care of my visitors. How can you be so ill-mannered?"

One of the demons replied, "Dear brother, the boy just told us that four Buddhist monks just arrived here. One has a pale, fat face. Another has a long snout and big ears. Correct?" The Daoist nodded his head and said nothing. She continued, "We know this monk. He was sent by the Tang Emperor to fetch scriptures from the Western Heaven. He came to our cave this morning, begging food. We captured him."

"Why did you do that?"

"We have heard of this monk. He has studied the Way for ten lifetimes. Anyone who eats his flesh will live forever. That's why we captured him. Later, the monk with the long snout found us in the hot spring. He stole our clothes. Then he jumped into the water with us, the pig! He swam around in the water with us. Many times he swam right between our legs! He had no manners at all. Then he tried to kill us with his rake. We could not fight him, so we sent our seven sons to fight him. Then we came here for safety. We don't know if our sons are alive or dead. We beg you to take revenge on these evil monks!"

The Daoist became furious. "Don't worry, I will take care of these criminals. Come with me." He went into his room and climbed up to the rafters. He reached into the rafters and grabbed a small leather box. The box had a lock on it. The Daoist reached into his sleeve and pulled out a small key. He used the key to open the box. Then he brought out a cloth bag. What was in the bag?

> A thousand pounds of bird droppings
> Boiled for a long time until it was just a cupful
> Boiled again until it was just a spoonful
> Then fried, and cooked, and boiled again
> At last, it is the most powerful poison
> A man who eats just one grain will quickly see Yama
> Three grains will kill even a god or immortal

The Daoist took twelve grains out of the bag. He took twelve jujubes and made a small hole in each one. He pushed one grain of poison into each jujube. When he was finished, he put three poisoned jujubes into each of four different teacups. For himself, he put two jujubes without the poison into his cup.

He said, "I will ask them some questions. If I find out that they are from Tang, I will call for fresh tea. Bring these teacups. I will give them the poison tea. They will drink the tea and die. You will have your revenge."

He returned to the room where the four travelers were sitting. "Please forgive me, I had to take care of some matters in the kitchen. May I ask you, sir, where you are coming from?"

Tangseng replied, "I have been sent by the Tang Emperor to fetch scriptures from Thunderclap Monastery in the Western Heaven. We passed your temple and wanted to pay our respects."

"You are most welcome here," said the Daoist. Then turning to the boy he said, "Boy, bring some fresh tea for our guests right away!" The boy went into the kitchen. He took the tray of five teacups from the demon women and returned with the tea. The Daoist gave each of the travelers a cup with three jujubes. He took for himself the cup with just two jujubes.

Sun Wukong saw that the Daoist's cup had only two jujubes in it. "Sir," he said, "let's change cups."

The Daoist smiled and said, "Living here in the forest we do not have much food. I could only find twelve good jujubes. You are my honored guests, so I want you to have them. I will take these two old jujubes that are not as tasty."

Sun Wukong started to argue, but Tangseng jumped in and said, "Wukong, this man is being very kind. Drink your tea and don't argue with him." Sun Wukong stopped talking, but he did not drink his tea.

Zhu put his hand into the hot tea and grabbed his three jujubes. He ate them immediately. Tangseng and Sha were more polite, they drank their tea. In a few seconds, all three of them fainted and fell to the floor.

Sun Wukong jumped up and threw his teacup at the Daoist. "You brute!" he shouted, "look at what you've done. What have we ever done to you?"

The Daoist replied, "You asked for it, you beast. Didn't you beg for food at Spiderweb Cave? Didn't you bathe in the hot spring?"

"There were female demons in that hot spring! And since you know about it, you must be friends with them. You are probably an evil demon yourself. Stay where you are and taste my rod!" He whipped out his golden hoop rod and struck at the Daoist's face. The Daoist moved out of the way, whipped out a sword, and began to fight. The seven female demons heard the fighting. They ran out of the kitchen and opened their blouses. Magic silken ropes came from their navels and wrapped around Sun Wukong.

But this was not a problem for the monkey king. He said some magic words, did a cloud somersault, and flew up into the air. He had escaped but he was not happy. He thought, "This is terrible. I have never seen anything like this before. My master and my brothers are all poisoned. I don't know what to do. I think I will call that local spirit again."

So he came back down to the ground. He made a magic sign and spoke the word "Om." This made the old god come again.

The old god trembled with fear. He said, "Great sage, why are you here? I thought you went to rescue your master."

"I rescued him this morning," Sun Wukong replied. "Later we arrived at Yellow Flower Temple. The Daoist master there was very kind to us, but later he poisoned my master and my two brother disciples. He started talking about bathing at the hot spring, so I knew right away that he was a demon. We started to fight. Then the seven female demons came out of the kitchen and joined in the fight. They trapped me with their silken ropes, but I escaped. Now I need to know more about these demons. Tell me everything you know about them."

The trembling old god said, "The evil demons arrived here less than ten years ago. They are really spider spirits. And the silken ropes are really spiderwebs."

"That's all I need to know," Sun Wukong replied. He told the local god that he could leave. He pulled seventy hairs from his head, whispered "Change" and turned them into seventy little monkeys. Then he blew a magic breath on his golden hoop rod, whispered "Change" and turned it into seventy forks. He gave one fork to each little monkey. Then all the little monkeys attacked the demons. The demons tried to cover the little monkeys with silken ropes, but the little monkeys used their forks to wrap up all the silken ropes. Then the monkeys grabbed the seven demons, dragged them out of the cave, and tied them up with ordinary rope.

"Give me back my master and my brothers," shouted Sun Wukong to the spider demons.

"Elder Brother," screamed the spider demons to the Daoist master, "give the Tang monk back. Let us live!"

The Daoist master shouted from inside the cave, "No, I am going to eat the Tang monk. I cannot help you."

This made Sun Wukong angry. He pulled all seventy forks back into his golden hoop rod. Then he used the rod to kill all seven spider demons. When he finished killing the demons, he ran into the cave to fight with the Daoist.

It was a great battle. The monkey king and the Daoist were both fighting for the Tang monk. Sun Wukong was very strong, but the Daoist was very clever and fast. The rod and the sword smashed together again and again. They fought for fifty or sixty rounds. There was so much dust and dirt that the animals in the forest were frightened and ran away. The stars disappeared as the cloud of dust covered heaven and earth.

After fighting for a long time, the Daoist became tired. He opened his belt and took off his black robe. "Ha!" said Sun

Wukong. "If you cannot defeat me with your robe on, how can you defeat me with the robe off?"

But the Daoist had another weapon hidden under his robe. He raised both arms. On his chest were a thousand eyes. They glowed with a bright golden light, like fire. Thick yellow smoke came out of the eyes. Sun Wukong could not see anything. He tried to hit the Daoist with his rod, but he could not see his enemy. He got very hot. He jumped into the air, trying to smash the golden eyes. But he hit nothing. He fell to the ground. His head hurt.

"Well, this is bad," he thought. "I can't go left or right, I can't go forward or back, and I can't go up. I guess I will have to go down."

He said a magic spell, shook himself, and changed into a pangolin. He dug into the ground with his sharp iron claws. He dug a tunnel six miles long. The golden light could only go about three miles. He dug a tunnel back up to the surface again. Then he lay on the ground, exhausted.

As he lay on the ground, he heard the sound of someone crying. He thought,

> One pair of crying eyes meets another
> One broken heart meets another

He said to her, "Lady, why are you crying?"

She said, "My husband was killed by the master of Yellow Flower Temple because of an argument over some business matter. The master used poisoned tea. Now I have come to burn some paper money at his grave."

"I am Sun Wukong, the senior disciple of the monk Tangseng. We are traveling to the Western Heaven and passed the Yellow Flower Temple. We stopped there to rest, but the Daoist master is the brother of seven evil spider demons. The Daoist master gave poison tea to my master and my two brothers. I did not drink the tea. The Daoist master and the seven spider demons attacked me. I fought them and killed the seven spider demons. Then I fought the Daoist master. He took off his shirt and used a thousand eyes to blind me. I escaped by turning into a pangolin and digging a tunnel underground."

"You don't know that Daoist master. He is Demon King Hundred Eyes. You must have great magical power to fight him and still live, because he is very powerful. I know a sage who can defeat the demon king, but I'm afraid that will not help your friends. The sage lives far from here, and the poison will kill your friends within three days."

"I can travel very fast. Tell me where this sage lives."

"All right. Three hundred miles due south of here is Purple Cloud Mountain. In that mountain is Thousand Flower Cave. And living in that cave is the sage Vairambha. She can defeat the demon."

After saying this, the crying woman disappeared. Sun Wukong looked up and saw her flying away. He flew after her and called, "Lady Bodhisattva, please tell me your name so I can thank you."

She replied, "Great sage, it's me." He looked more closely and saw that she was the Old Woman of Mount Li. She continued, "I was returning from the Dragon Flower Festival. I saw that your master was in trouble. Now hurry and find the sage. But don't tell her that I sent you. She can be rather difficult." Then she flew away.

Sun Wukong used his cloud somersault to travel quickly to Purple Cloud Mountain. He arrived and found Thousand Flower Cave. All around the cave were flowers of many colors.

Above the cave he saw an auspicious cloud.

He was happy to see the beautiful flowers and the auspicious cloud above. But when he entered the cave it was completely silent. He walked further and further into the cave. After walking for over a mile, he saw a Daoist nun. She was sitting on a couch. She wore a golden silk robe and an embroidered five-flowered hat. Her face was old but her eyes were bright, and her voice was like the song of a bird. He knew that this was Bodhisattva Vairambha, the Buddha of Thousand Flower Cave.

"Greetings, Bodhisattva Vairambha," he said.

"Greetings, Great Sage," she replied.

He was surprised to hear this. "How did you know my name?" he asked.

"When you caused trouble in Heaven, portraits of you were passed around. Everyone knows who you are."

"Truly, 'good deeds stay at home, but bad deeds are known far and wide.' You did not know that I am now a Buddhist. I need your help. My master is traveling to the Western Heaven to fetch the Buddha's scriptures. He was poisoned by the Daoist master of Yellow Flower Temple. I escaped but my master and two of my brothers are trapped in his cave. They will die soon if you cannot help them."

"How do you know of me? I have lived here three hundred years and nobody has heard of me."

"I am a demon of the earth, I can find you anywhere."

"All right. I shouldn't go, but I know that the Tang monk must succeed in his journey to the west. I will help you." Together, they started to fly towards Yellow Flower Temple.

As they flew together, Sun Wukong asked, "Lady Bodhisattva, please tell me what weapon you will use?"

"I have a small embroidery needle."

Sun Wukong laughed. "If I knew you were going to use an embroidery needle, I would not have come. I have lots of needles."

"Not like this one. Your needles are made of iron, steel or gold. My needle was made by my son, the Star Lord Mao. It was created in the fires of the sun. Watch this."

They were approaching Yellow Flower Temple. They could see a bright yellow light coming from it. Vairambha pulled the needle from her gown and threw it in the air. A few seconds later there was a loud noise. The golden light coming from the temple was extinguished. The needle returned to Vairambha's hand and she put it back in her gown.

"Wonderful!" said Sun Wukong.

They went into the cave. The Daoist master was standing there with his eyes closed, not moving. Sun Wukong whipped out his rod and prepared to smash the Daoist. But Vairambha said, "Don't hit him. Go find your master."

He went into the back of the cave. Tangseng, Zhu and Sha were lying on the floor, looking like they were going to die. Sun Wukong did not know what to do. "How can I help them?" he cried.

"Don't worry, Great Sage," said Vairambha. "Take these three pills and give one each to your master and your brothers." She handed him three red pills. He pushed one pill into each of their mouths. A few seconds later they all started vomiting up the poison tea. They immediately started feeling much better.

Sun Wukong told them about the poisoned tea, and that

Bodhisattva Vairambha had saved them. Tangseng bowed to her in gratitude. Zhu became angry and ran towards the Daoist master with his rake held high.

"Stop, Marshal, said Vairambha. "Don't kill him. I have no servants in my cave. I am going to take this one back to my cave to be my servant."

Sun Wukong said, "Bodhisattva, thank you for your help. May we please see his true form?"

"That's easy," she replied. She stepped forward and pointed at the Daoist. He fell to the floor and changed into a giant centipede spirit, seven feet long. She picked him up with her little finger, and flew back to Thousand Flower Cave.

"That is one powerful lady," said Zhu, looking at the direction where Vairambha had flown.

Sun Wukong replied, "She told me that her son is the Star Lord Mao. He created her embroidery needle in the sun. Now, we know that the Star Lord is really a rooster. So his mother must be a hen. And we all know that hens are very good at dealing with centipedes. That's why it was so easy for her."

Tangseng kowtowed over and over again towards the direction where Vairambha had flown. Then he said, "Disciples, let's have some dinner." Sha went into the kitchen to fix some vegetarian food for dinner. Then they walked out of the cave. Sun Wukong started a fire in the kitchen. Soon everything in the cave was burning. They watched the fire for a little while. Then they turned and began walking west again.

We don't know what happens to them next. Let's find out in the next chapter.

# Proper Nouns

These are all the Chinese proper nouns used in this book.

| Pinyin | Chinese | English |
| --- | --- | --- |
| Bǎiyǎn Mówáng | 百眼魔王 | Demon King Hundred Eyes, a demon |
| Cháng'é | 嫦娥 | Cháng'é, goddess of the moon |
| Huánghuā Miào | 黄花庙 | Yellow Flower Temple |
| Léiyīn Shān | 雷音山 | Thunderclap Mountain |
| Léiyīn Sì | 雷音寺 | Thunderclap Monastery |
| Lí Shān Lǎo Fù | 黎山老妇 | Old Woman of Mount Li, an Immortal |
| Liú Ruǎn de Tiāntái Dòng | 刘阮的天台洞 | Tiantai Cave of Liu and Ruan |
| Longchuán Jié | 龙华节 | Dragon Flower Festival |
| Mǎo Rì Xīng Guān | 昴日星官 | Star Lord Mao, an Immortal |
| Pí Lán | 毗蓝 | Vairambha, an Immortal |
| Qiānhuā Dòng | 千花洞 | Thousand Flower Cave |
| Shā (Wùjìng) | 沙(悟净) | Sha (Wujing), junior disciple of Tangseng |
| Sūn Wùkōng | 孙悟空 | Sun Wukong, the Monkey King, elder disciple of Tangseng |
| Táng | 唐 | Tang, an empire |
| Tángsēng | 唐僧 | Tangseng, a Buddhist monk |
| Yuánshuài | 元帅 | Marshal, part of Zhu's title |
| Zhīzhū Wǎng Dòng | 蜘蛛网洞 | Spiderweb Cave |
| Zhīzhū Wǎng Shān | 蜘蛛网山 | Spiderweb Mountain |
| Zhū (Bājiè) | 猪(八戒) | Zhu (Bajie), middle disciple of Tangseng |
| Zhū Zǐ Wángguó | 朱紫王国 | Scarlet Purple Kingdom |
| Zǐ Yún Shān | 紫云山 | Purple Cloud Mountain |

# Glossary

These are all the Chinese words used in this book, other than proper nouns.

| Pinyin | Chinese | English |
| --- | --- | --- |
| a | 啊 | ah, oh, what |
| ǎi | 矮 | short |
| ānjìng | 安静 | quiet, peaceful |
| ānquán | 安全 | safety |
| ba | 吧 | (indicates assumption or suggestion) |
| bá | 拔 | pull |
| bǎ | 把 | (measure word for gripped objects) |
| bǎ | 把 | (preposition introducing the object of a verb) |
| bā | 八 | eight |
| bái | 白 | white |
| bài | 拜 | to worship |
| bǎi | 百 | hundred |
| bàn | 半 | half |
| bànfǎ | 办法 | method |
| bàng | 棒 | rod, stick, wonderful |
| bǎng | 绑 | to tie |
| bāng (zhù) | 帮 (助) | to help |
| bàochóu | 报仇 | revenge |
| bāowéi | 包围 | to encircle |
| bàzi | 耙子 | rake |
| bèi | 被 | (passive particle) |
| bèi | 背 | back |
| bēi (zi) | 杯 (子) | cup |
| bì | 臂 | arm |

| bì (shàng) | 闭（上） | to shut, to close up |
|---|---|---|
| biàn | 变 | to change |
| biànchéng | 变成 | to become |
| bié | 别 | do not, other |
| bǐjiào | 比较 | compare, relatively |
| bǐsài | 比赛 | game |
| bìxū | 必须 | must, have to |
| bù | 布 | cloth |
| bù | 不 | no, not, do not |
| bù (zi) | 步（子） | step |
| bùxiǎng | 不想 | don't want |
| bùxíng | 不行 | no way, out of the question |
| cái | 才 | only |
| cáinéng | 才能 | can only, ability, talent |
| cáng | 藏 | to hide |
| cāngying | 苍蝇 | fly |
| cānjiā | 参加 | to participate, to join |
| cǎo | 草 | grass, straw |
| chá | 茶 | tea |
| chā | 叉 | fork, prong |
| chā | 插 | to insert |
| cháng | 长 | long |
| chǎng | 场 | (measure word for public events) |
| chàng (gē) | 唱（歌） | to sing |
| chángshēng bùlǎo | 长生不老 | immortality (long life no die) |
| chǎo | 炒 | stir fry |
| chéng (wéi) | 成（为） | to become |
| chénggōng | 成功 | success |
| chéngshú | 成熟 | ripe, mature |
| chènshān | 衬衫 | shirt |

| chí | 池 | pool, pond |
| chǐ | 尺 | Chinese foot |
| chī (fàn) | 吃(饭) | to eat |
| chī diào | 吃掉 | to eat up |
| chìbǎng | 翅膀 | wing |
| chījīng | 吃惊 | to be surprised |
| chīsù | 吃素 | vegetarian |
| chōng | 冲 | to rise up, to rush, to wash out |
| chóng (zi) | 虫(子) | insect, worm |
| chū | 出 | out |
| chuán | 传 | to pass on, to transmit |
| chuān (shàng) | 穿(上) | to put on |
| chuáng | 床 | bed |
| chuāng (hù) | 窗(户) | window |
| chuānshānjiǎ | 穿山甲 | pangolin |
| chúfáng | 厨房 | kitchen |
| chuī | 吹 | to blow |
| chùsheng | 畜生 | brute |
| chūshēng | 出生 | born |
| chūxiàn | 出现 | to appear |
| cóng | 从 | from |
| cónglái méiyǒu | 从来没有 | there has never been |
| cōngmíng | 聪明 | clever |
| cūn (zhuāng) | 村(庄) | village |
| cuò | 错 | wrong, mistaken |
| dà | 大 | big |
| dǎ | 打 | to hit, to play |
| dà hǎn | 大喊 | to shout |
| dǎbài | 打败 | defeat |
| dàdì | 大地 | the earth |
| dàhǎi | 大海 | sea |

| dài | 带 | to carry, to lead, to bring |
| dài | 戴 | to wear |
| dài (zi) | 袋(子) | bag |
| dài (zi) | 带(子) | band, belt, ribbon |
| dǎkāi | 打开 | to turn on, to open |
| dàmén | 大门 | entrance, gate |
| dàn (shì) | 但(是) | but, however |
| dāng | 当 | when |
| dǎng (zhù) | 挡(住) | to block |
| dānxīn | 担心 | to worry |
| dào | 道 | path, way, Dao, to say |
| dào | 到 | to arrive, towards |
| dǎo | 倒 | to fall, to turn upside down |
| dàojiào | 道教 | Daoism |
| dàoliú | 倒流 | backflow |
| dàoshì | 道士 | Daoist priest |
| dàshēng | 大声 | loud |
| dàshī | 大师 | grandmaster |
| dǎsuàn | 打算 | intend |
| de | 地 | (adverbial particle) |
| de | 的 | of |
| dé | 得 | (particle showing degree or possibility) |
| dèng | 凳 | bench, stool |
| děng | 等 | to wait |
| dì | 第 | (prefix before a number) |
| dì | 地 | land |
| diǎn | 点 | point, hour |
| diǎn (diǎn) tóu | 点(点)头 | to nod |
| diànzi | 垫子 | mat |
| diào | 掉 | to fall, to drop, to lose |

| diào | 吊 | to hang |
|---|---|---|
| dìfāng | 地方 | place |
| dìguó | 帝国 | empire |
| dìmiàn | 地面 | ground |
| dǐng | 顶 | top, to withstand |
| dìqiú | 地球 | earth |
| dírén | 敌人 | enemy |
| dìshàng | 地上 | on the ground |
| dòng | 栋 | (measure word for buildings, houses) |
| dòng | 洞 | cave, hole |
| dòng | 动 | to move |
| dōng (tiān) | 冬（天） | winter |
| dōngxi | 东西 | thing |
| dōu | 都 | all |
| dòufu | 豆腐 | tofu |
| dú (yào) | 毒（药） | poison |
| duàn | 段 | (measure word for sections) |
| duì | 对 | correct, towards someone |
| duī | 堆 | (measure word for piles, problems, clothing, …) |
| duìbùqǐ | 对不起 | I am sorry |
| dùn | 顿 | (measure word for non-repeating actions) |
| duǒ | 朵 | (measure word for flowers and clouds) |
| duǒ | 躲 | to hide |
| duō | 多 | many |
| duǒ kāi | 躲开 | avoid |
| dùqí | 肚脐 | navel |
| dùzi | 肚子 | belly, abdomen |
| è | 饿 | hungry |
| èmó | 恶魔 | evil demon |

| ěr (duo) | 耳（朵） | ear |
|---|---|---|
| érqiě | 而且 | and |
| érzi | 儿子 | son |
| fā (chū) | 发（出） | to send out |
| fādǒu | 发抖 | to tremble, to shiver |
| fàn | 饭 | cooked rice |
| fànfǎ | 犯法 | criminal |
| fàng | 放 | to put, to let out |
| fāng (xiàng) | 方（向） | direction |
| fángjiān | 房间 | room |
| fángzi | 房子 | house |
| fāshēng | 发生 | to occur |
| fāxiàn | 发现 | to find out |
| fēi | 飞 | to fly |
| fēicháng | 非常 | very much |
| féng | 缝 | to sew |
| fēng | 疯 | crazy |
| fēng | 风 | wind |
| fénmù | 坟墓 | grave |
| fènnù | 愤怒 | anger |
| fēnzhōng | 分钟 | minute |
| fó | 佛 | Buddha, buddhist |
| fójiào | 佛教 | Buddhism |
| fójiào tú | 佛教徒 | Buddhist |
| fózǔ | 佛祖 | Buddhist teacher |
| fù (qīn) | 父（亲） | father |
| fù (rén) | 妇（人） | lady, madam |
| fū (rén) | 夫（人） | lady, madam |
| fùjìn | 附近 | nearby |
| gài | 盖 | cover, to cover |
| gāi | 该 | ought to |

| gǎn | 敢 | to dare |
|---|---|---|
| gāng | 钢 | steel |
| gāngà | 尴尬 | embarrassed |
| gānggāng | 刚刚 | just |
| gǎnjué | 感觉 | to feel |
| gǎnxiè | 感谢 | to thank |
| gāo | 高 | tall, high |
| gàosù | 告诉 | to tell |
| gāoxìng | 高兴 | happy |
| gè | 个 | (measure word, generic) |
| gē | 歌 | song |
| gēge | 哥哥 | elder brother |
| gěi | 给 | to give |
| gēn | 根 | root |
| gēn (zhe) | 跟（着） | with, to follow |
| gèng | 更 | more |
| gèzi | 个子 | height, build (human) |
| gōngjī | 公鸡 | rooster |
| gōngjī | 攻击 | to attack |
| gǔ | 古 | ancient |
| guà | 挂 | to hang, to call |
| guā | 瓜 | melon |
| guāng | 光 | light |
| guānyú | 关于 | about |
| guì | 贵 | expensive |
| guì | 跪 | to kneel |
| guò | 过 | to pass, (after verb to indicate past tense) |
| guówáng | 国王 | king |
| gùshì | 故事 | story |
| hā | 哈 | ha! |

| hái | 还 | still, also |
| hàipà | 害怕 | fear, scared |
| háishì | 还是 | still is |
| háizi | 孩子 | child |
| hàn | 汗 | sweat |
| hǎn (jiào) | 喊 (叫) | to call, to shout |
| hǎo | 好 | good, very |
| hào chī | 好吃 | delicious |
| hǎoduō | 好多 | many |
| hé | 和 | and, with |
| hē | 喝 | to drink |
| hé'àn | 河岸 | river bank |
| hēi (sè) | 黑色 | black |
| héliú | 河流 | river |
| hěn | 很 | very |
| héshang | 和尚 | monk |
| hóng (sè) | 红 (色) | red |
| hòu | 后 | after, back, behind |
| hòu | 厚 | thick |
| hóu (zi) | 猴 (子) | monkey |
| hòulái | 后来 | later |
| hòumiàn | 后面 | behind |
| huà | 话 | word, speak |
| huā (duǒ) | 花 (朵) | flowers |
| huán | 还 | to return |
| huàn | 换 | to exchange |
| huáng (sè) | 黄 (色) | yellow |
| huángdì | 皇帝 | emperor |
| huàngdòng | 晃动 | to shake, to sway |
| huānyíng | 欢迎 | welcome |
| huàxiàng | 画像 | portrait |

| huí | 回 | to return |
| huì | 会 | will, to be able to |
| huī | 灰 | gray, dust, ash |
| huī (dòng) | 挥 (动) | to swat, to wave |
| huídá | 回答 | to reply |
| huǒ | 火 | fire |
| huó (zhe) | 活 (着) | alive |
| huò (zhě) | 或 (者) | or |
| huǒyàn | 火焰 | flame |
| hūxī | 呼吸 | to breathe |
| hùxiāng | 互相 | each other |
| jì | 系 | to tie |
| jǐ | 几 | several |
| jī | 鸡 | chicken |
| jī | 击 | to hit |
| jì (dé) | 记 (得) | to remember |
| jiǎ | 假 | fake |
| jiā | 家 | family, home |
| jiājù | 家具 | furniture |
| jiàn | 件 | (measure word for clothing, matters) |
| jiàn | 剑 | sword |
| jiàn | 建 | to build |
| jiān | 尖 | pointed, tip |
| jiàn (miàn) | 见 (面) | to see, to meet |
| jiǎndān | 简单 | simple |
| jiàng | 酱 | sauce |
| jiǎng | 讲 | to speak |
| jiāng | 将 | shall |
| jiào | 叫 | to call, to yell |
| jiǎo | 脚 | foot |

| jiē (guò) | 接（过） | to take |
| jié (rì) | 节（日） | festival (day) |
| jiějué | 解决 | to solve, settle, resolve |
| jiěmèi | 姐妹 | sisters |
| jiéshù | 结束 | end, finish |
| jīhuì | 机会 | opportunity |
| jìn | 近 | close |
| jìn | 进 | to advance, to enter |
| jǐn | 紧 | tight, close |
| jīn | 斤 | cattie (measure of weight) |
| jīn (sè) | 金（色） | golden |
| jīn (zi) | 金（子） | gold |
| jīn gū bàng | 金箍棒 | golden hoop rod |
| jīndǒu | 筋斗 | somersault |
| jīng | 精 | spirit |
| jīngcháng | 经常 | often |
| jīngguò | 经过 | after, through |
| jīngshū | 经书 | scripture, holy book |
| jìnlái | 进来 | to come in |
| jìnqù | 进去 | to go in |
| jīntiān | 今天 | today |
| jiù | 就 | just, right now |
| jiù | 救 | to save, to rescue |
| jiǔ | 九 | nine |
| jiùjiu | 舅舅 | maternal uncle |
| jíxiáng | 吉祥 | auspicious |
| jìxù | 继续 | to carry on |
| jù | 句 | (measure word for word, sentence) |
| jǔ | 举 | to lift |
| jù (dà) | 巨（大） | huge |

| juédìng | 决定 | to decide |
| jūgōng | 鞠躬 | to bow down |
| jǔjué | 咀嚼 | to chew |
| jǔxíng | 举行 | to hold |
| kāi | 开 | to open |
| kāishǐ | 开始 | to begin |
| kàn | 看 | to look |
| kàn kàn | 看看 | have a look |
| kē | 颗 | (measure word for small objects) |
| kē | 棵 | (measure word for trees, vegetables, some fruits) |
| kě'ài | 可爱 | cute |
| kělián | 可怜 | pathetic |
| kěnéng | 可能 | maybe |
| kěpà | 可怕 | frightening, terrible |
| kèrén | 客人 | guest |
| kěyǐ | 可以 | can |
| kōng (qì) | 空(气) | air, void, emptiness |
| kōngzhōng | 空中 | in the air |
| kǒu | 口 | mouth, (measure word for people in villages, families) |
| kòutóu | 叩头 | to kowtow |
| kū | 哭 | to cry |
| kuài | 快 | fast |
| kuàilè | 快乐 | happy |
| kuān | 宽 | width |
| kùn | 困 | to trap |
| kùnnán | 困难 | difficulty |
| lā | 拉 | to pull |
| lái | 来 | to come |
| lán (sè) | 蓝(色) | blue |
| làng | 浪 | wave |

| lǎo | 老 | old |
| lǎoshī | 老师 | teacher |
| le | 了 | (indicates completion) |
| lèi | 泪 | tears |
| lèi | 累 | tired |
| léi (shēng) | 雷（声） | thunder |
| lěng | 冷 | cold |
| lǐ | 里 | Chinese mile |
| lí | 离 | away from, to leave |
| lì | 粒 | (measure word for small grains) |
| lì | 力 | force |
| lǐ (miàn) | 里（面） | inside |
| lián | 连 | even, to connect |
| liǎn | 脸 | face |
| liàndān (shù) | 炼丹（术） | alchemy |
| liáng | 梁 | beam, rafter |
| liàng | 亮 | bright |
| liǎng | 两 | two, Chinese ounce |
| liǎojiě | 了解 | to understand |
| líkāi | 离开 | to leave |
| lǐmào | 礼貌 | polite |
| lìng (wài) | 另（外） | other, another, in addition |
| liú | 流 | to flow |
| liù | 六 | six |
| liú (xià) | 留（下） | to keep, to leave behind, to stay |
| lù | 鹿 | deer |
| lù | 路 | road |
| lǜ (sè) | 绿（色） | green |
| lǚtú | 旅途 | journey |
| ma | 吗 | (indicates a question) |
| máfan | 麻烦 | trouble |

| māma | 妈妈 | mother |
| màn | 慢 | slow |
| mǎn | 满 | full |
| máo (fà) | 毛（发） | hair |
| mào (zi) | 帽（子） | hat |
| mǎshàng | 马上 | immediately |
| méi | 没 | no, not have |
| měi | 每 | each, every |
| měi (lì) | 美（丽） | handsome, beautiful |
| méi (mao) | 眉（毛） | eyebrow |
| méi wèntí | 没问题 | it's ok, no problem |
| méiyǒu | 没有 | no, not have |
| men | 们 | (indicates plural) |
| mén | 门 | door, gate |
| miàn | 面 | side, surface, noodles |
| miànjīn | 面筋 | gluten |
| miànqián | 面前 | in front |
| miào | 庙 | temple |
| miǎo zhōng | 秒钟 | seconds |
| miè | 灭 | to extinguish |
| míng (zì) | 名（字） | first name, name, (measure word for an occupation or profession) |
| míngbái | 明白 | to understand, clear |
| míngliàng | 明亮 | bright |
| mìnglìng | 命令 | command |
| mó (lì) | 魔（力） | magic |
| móguǐ | 魔鬼 | demon |
| mǔ | 母 | female |
| mù (tou) | 木（头） | wood |
| mǔqīn | 母亲 | mother |
| ná | 拿 | to take |

| nà | 那 | that |
|---|---|---|
| nàlǐ | 那里 | there |
| nǎlǐ | 哪里 | where |
| nàme | 那么 | so then |
| nán | 难 | difficult, rare |
| nán | 男 | male |
| nánhái | 男孩 | boy |
| nǎo (zi) | 脑 (子) | brain |
| nàxiē | 那些 | those ones |
| nàyàng | 那样 | that way |
| ne | 呢 | (indicates question) |
| néng | 能 | can |
| nǐ | 你 | you |
| nǐ hǎo | 你好 | hello |
| nián | 年 | year |
| niàn | 念 | to recite |
| niánchóu | 粘稠 | sticky |
| niánqīng | 年轻 | young |
| niǎo | 鸟 | bird |
| nígū | 尼姑 | nun |
| nòng | 弄 | to do |
| nǚ | 女 | female |
| nǚhái | 女孩 | girl |
| nǚlì | 努力 | work hard |
| ó, ò | 哦 | oh?, oh! |
| pá | 爬 | to climb |
| pà | 怕 | afraid |
| pāi (dǎ) | 拍 (打) | to tap, to slap |
| pái (zi) | 牌 (子) | sign |
| pán | 盘 | plate |
| pàng | 胖 | fat |

| pǎo | 跑 | to run |
|---|---|---|
| pèng | 碰 | to touch |
| péngyǒu | 朋友 | friend |
| pí | 皮 | leather, skin |
| pì | 屁 | fart |
| piàn | 片 | (measure word for flat objects) |
| piāo (dòng) | 飘(动) | to flutter |
| piàoliang | 漂亮 | beautiful |
| púrén | 仆人 | servant |
| púsà | 菩萨 | bodhisattva, buddha |
| pǔtōng | 普通 | ordinary |
| qǐ | 起 | from, up |
| qī | 七 | seven |
| qián | 前 | in front, before, side |
| qián | 钱 | money |
| qiān | 千 | thousand |
| qiáng | 墙 | wall |
| qiáng (dà) | 强(大) | strong, powerful |
| qiánmiàn | 前面 | in front |
| qiánwǎng | 前往 | go to |
| qiáo | 桥 | bridge |
| qiāoqiāo | 悄悄 | quietly |
| qiē | 切 | to cut |
| qiēduàn | 切断 | cut off |
| qíguài | 奇怪 | strange |
| qǐlái | 起来 | (after verb, indicates start of an action) |
| qīn'ài | 亲爱 | dear |
| qǐng | 请 | please |
| qīng | 清 | clear |
| qīng | 轻 | light |

| qíngkuàng | 情况 | situation |
| qǐngqiú | 请求 | request |
| qǐngwèn | 请问 | excuse me |
| qióng | 穷 | poverty |
| qíshí | 其实 | in fact |
| qítā | 其他 | other |
| qiú | 球 | ball |
| qiú | 求 | to beg |
| qiū (tiān) | 秋 (天) | autumn |
| qízhōng | 其中 | among them |
| qù | 去 | to go |
| qǔ | 取 | to take |
| qún (zi) | 裙 (子) | kilt, skirt |
| ràng | 让 | to let, to cause |
| ránhòu | 然后 | then |
| ránshāo | 燃烧 | burning |
| rè | 热 | heat |
| rén | 人 | person, people |
| rēng | 扔 | to throw |
| réngrán | 仍然 | still, yet |
| rènhé | 任何 | any |
| rénjiān | 人间 | human world |
| rènshí | 认识 | to understand |
| rì (zi) | 日 (子) | day, days of life |
| róngyì | 容易 | easy |
| ròu | 肉 | meat, flesh |
| rù | 入 | to enter, into |
| ruǎn | 软 | soft |
| rúguǒ | 如果 | if |
| sàn | 散 | scattered |
| sān | 三 | three |

| sēng (rén) | 僧（人） | monk |
| sēnlín | 森林 | forest |
| shā | 杀 | to kill |
| shàn | 扇 | (measure word for windows, doors) |
| shān | 山 | mountain |
| shàng | 上 | on, up |
| shāng (hài) | 伤（害） | hurt |
| shāngxīn | 伤心 | sad |
| shàngyī | 上衣 | blouse, jacket |
| sháo | 勺 | spoon |
| shāo | 烧 | burn |
| shè | 射 | to shoot, to emit |
| shēn | 深 | late, deep |
| shēn | 伸 | to stretch |
| shén (xiān) | 神（仙） | spirit, god |
| shēng | 生 | to give birth, to grow out |
| shēng (huó) | 生（活） | life |
| shèng (rén) | 圣（人） | saint, holy sage |
| shèng (xià) | 剩（下） | to remain, to rest |
| shēng (yīn) | 声（音） | sound |
| shéng (zi) | 绳（子） | rope |
| shēngqì | 生气 | angry |
| shēngwù | 生物 | animal, creature |
| shēngyì | 生意 | business |
| shēngyù | 声誉 | reputation |
| shēnhòu | 身后 | behind |
| shénme | 什么 | what |
| shēntǐ | 身体 | body |
| shēnyín | 呻吟 | to moan |
| shí | 十 | ten |

| shì | 是 | is, yes |
| shì | 试 | to taste, to try |
| shǐ | 屎 | shit |
| shí (hòu) | 时（候） | time, moment, period |
| shì (qing) | 事（情） | thing |
| shí (tou) | 石（头） | stone |
| shí (wù) | 食（物） | food |
| shì (yuàn) | 誓（愿） | vow |
| shīfu | 师父 | master |
| shíjiān | 时间 | time, period |
| shǒu | 手 | hand |
| shǒushì | 手势 | gesture |
| shù (mù) | 树（木） | tree |
| shuāng | 双 | a pair |
| shuí | 谁 | who |
| shuǐ | 水 | water |
| shuì (jiào) | 睡（觉） | to sleep |
| shuǐchí | 水池 | pool |
| shuǐguǒ | 水果 | fruit |
| shuō (huà) | 说（话） | to say |
| shùzhī | 树枝 | tree branch |
| sì | 四 | four |
| sǐ | 死 | dead, to die |
| sī | 丝 | silk |
| sì (miào) | 寺（庙） | temple |
| sīchóu | 丝绸 | silk cloth |
| sìzhōu | 四周 | around |
| sōng | 松 | loose |
| sòng (gěi) | 送（给） | to give a gift |
| suì | 碎 | to break up |
| suì | 岁 | years of age |

| suìdào | 隧道 | tunnel |
|---|---|---|
| suīrán | 虽然 | although |
| suǒ | 锁 | lock, to lock |
| suǒyǐ | 所以 | so, therefore |
| suǒyǒu | 所有 | all |
| sùshí | 素食 | vegetarian food |
| tā | 他 | he, him |
| tā | 它 | it |
| tā | 她 | she, her |
| tài | 太 | too |
| tàiyáng | 太阳 | sunlight |
| tán | 弹 | to bounce off |
| tán | 谈 | to talk |
| tān | 滩 | (measure word for liquid), beach, shoal |
| tǎng | 躺 | to lie down |
| tào | 套 | set |
| táo (zǒu) | 逃（走） | to escape |
| tī | 踢 | to kick |
| tiān | 天 | day, sky |
| tiāndì | 天地 | heaven and earth |
| tiānkōng | 天空 | sky |
| tiānqì | 天气 | weather |
| tiānshàng | 天上 | heaven, on the sky |
| tiáo | 条 | (measure word for narrow, flexible things) |
| tiào | 跳 | to jump |
| tiě | 铁 | iron |
| tīng | 听 | to listen |
| tíng (zhǐ) | 停（止） | to stop |
| tīng shuō | 听说 | it is said that |
| tóng | 同 | same |

| tòng (kǔ) | 痛（苦） | pain, suffering |
| tōng xiàng | 通向 | lead to |
| tóu | 头 | head, (measure word for animal with big head) |
| tōu | 偷 | to steal |
| tóufǎ | 头发 | hair |
| tǔ | 土 | dirt, earth |
| tǔ | 吐 | to spit out |
| tuán | 团 | (measure word for lump, ball, mass) |
| túdì | 徒弟 | apprentice |
| tǔdì | 土地 | land |
| tuǐ | 腿 | leg |
| tuī kāi | 推开 | to push away |
| tuō | 拖 | to drag |
| tuō (xià) | 脱（下） | to take off (clothes) |
| tūrán | 突然 | suddenly |
| wā | 挖 | to dig |
| wán | 完 | to finish |
| wán | 玩 | to play |
| wàn | 万 | ten thousand |
| wǎn | 碗 | bowl |
| wánchéng | 完成 | to complete |
| wǎnfàn | 晚饭 | dinner |
| wáng | 王 | king |
| wǎng | 网 | net, network |
| wǎng | 往 | to |
| wángguó | 王国 | kingdom |
| wánghòu | 王后 | queen |
| wèi | 为 | for |
| wèi | 位 | place, (measure word for people, polite) |

| wěidà | 伟大 | great |
|---|---|---|
| wèidào | 味道 | taste, smell |
| wèishénme | 为什么 | why |
| wèn | 问 | to ask |
| wēnquán | 温泉 | hot spring, spa |
| wèntí | 问题 | problem, question |
| wǒ | 我 | I, me |
| wù | 雾 | fog |
| wǔ | 五 | five |
| wū (zi) | 屋（子） | small house, room |
| wúgōng | 蜈蚣 | centipede |
| wǔqì | 武器 | weapon |
| xǐ | 洗 | to wash |
| xī | 西 | west |
| xià | 下 | down, under |
| xià huài | 吓坏 | frightened |
| xià yíbù | 下一步 | next step |
| xiàlái | 下来 | come down |
| xiàmiàn | 下面 | underneath |
| xiān | 仙 | immortal, celestial being |
| xiàng | 像 | like, to resemble |
| xiàng | 向 | towards |
| xiǎng | 想 | to want, to miss, to think of |
| xiāng | 香 | fragrant, incense |
| xiāng (zi) | 箱（子） | box |
| xiǎng yào | 想要 | would like to |
| xiàngliàn | 项链 | necklace |
| xiàngshàng | 向上 | upwards |
| xiānnǚ | 仙女 | fairy, female immortal |
| xiānshēng | 先生 | sir, gentleman |
| xiànzài | 现在 | just now |

| xiào | 笑 | to laugh |
|---|---|---|
| xiǎo | 小 | small |
| xiǎoshí | 小时 | hour |
| xiāoshī | 消失 | to disappear |
| xiǎoxīn | 小心 | to be careful |
| xié ('è) | 邪 (恶) | evil |
| xié (zi) | 鞋 (子) | shoe |
| xièxiè | 谢谢 | thank you |
| xīn | 心 | heart/mind |
| xīn | 新 | new |
| xíng | 行 | to travel, to walk, OK |
| xīng | 星 | star |
| xínglǐ | 行李 | luggage |
| xīngxīng | 星星 | star |
| xiōng | 胸 | chest |
| xiōngdì | 兄弟 | brother |
| xiù | 绣 | embroidered |
| xiūxi | 休息 | to rest |
| xiùzi | 袖子 | sleeve |
| xīwàng | 希望 | to hope |
| xǐzǎo | 洗澡 | to bathe |
| xǔduō | 许多 | many |
| xué (xí) | 学 (习) | to learn |
| xūyào | 需要 | need |
| yá | 芽 | bud, sprout |
| yàn (huì) | 宴 (会) | feast, banquet |
| yǎn (jīng) | 眼 (睛) | eye |
| yān (wù) | 烟 (雾) | smoke |
| yàngzi | 样子 | to look like, appearance |
| yánsè | 颜色 | color |
| yánzhe | 沿着 | along |

| yào | 药 | medicine |
| --- | --- | --- |
| yào | 要 | to want |
| yǎo | 咬 | to bite, to sting |
| yāo | 腰 | waist, small of back |
| yáo (dòng) | 摇（动） | to shake or twist |
| yāodài | 腰带 | belt |
| yàofàn | 要饭 | to beg for food |
| yàoshi | 钥匙 | key |
| yě | 也 | also, too |
| yè (zi) | 叶（子） | leaf |
| yī | 一 | one |
| yī (fu) | 衣（服） | clothes |
| yìdiǎn | 一点 | a little bit |
| yídìng | 一定 | must |
| yīhuǐ'er | 一会儿 | a while |
| yǐjīng | 已经 | already |
| yín (zi) | 银（子） | silver |
| yíng | 赢 | to win |
| yīng | 鹰 | hawk, eagle |
| yīnggāi | 应该 | should |
| yīnwèi | 因为 | because |
| yìqǐ | 一起 | together |
| yǐqián | 以前 | before |
| yíqiè | 一切 | all |
| yǐwéi | 以为 | to think, to believe |
| yíyàng | 一样 | same |
| yòng | 用 | to use |
| yǒngyuǎn | 永远 | forever |
| yóu | 油 | oil |
| yóu | 游 | to swim, to tour |
| yòu | 又 | again, also |

| yòu | 右 | right (direction) |
|---|---|---|
| yǒu | 有 | to have |
| yóurén | 游人 | traveler, tourist |
| yóuxì | 游戏 | game |
| yú | 鱼 | fish |
| yù | 玉 | jade |
| yǔ | 雨 | rain |
| yǔ | 语 | words, language |
| yuán | 圆 | circle, round |
| yuǎn | 远 | far |
| yuàn (yì) | 愿（意） | willing |
| yuánlái | 原来 | turn out to be |
| yuánliàng | 原谅 | to forgive |
| yuányīn | 原因 | reason |
| yuànzi | 院子 | courtyard |
| yuè | 越 | more, to cross |
| yuè (liang) | 月（亮） | month, moon |
| yuè lái yuè | 越來越 | more and more |
| yǔmáo | 羽毛 | feather |
| yún | 云 | cloud |
| yūn | 晕 | to faint |
| zá (suì) | 砸（碎） | to smash |
| zài | 再 | again |
| zài | 在 | in, at |
| zàijiàn | 再见 | goodbye |
| zào | 造 | to make |
| zǎo (diǎn) | 早（点） | early |
| zǎo (zi) | 枣（子） | date, jujube |
| zǎoshang | 早上 | morning |
| zěnme | 怎么 | how |
| zěnme bàn | 怎么办 | what to do |

| zěnyàng | 怎样 | how |
|---|---|---|
| zhǎ | 眨 | to blink, to wink |
| zhàn | 站 | to stand |
| zhàndòu | 战斗 | fighting |
| zhǎng | 长 | to grow |
| zhāng | 张 | (measure word for pages, flat objects) |
| zhāng | 章 | chapter |
| zhàngfū | 丈夫 | husband |
| zhǎnglǎo | 长老 | chief elder |
| zhào | 照 | according to |
| zhǎo | 找 | to search for |
| zhàogù | 照顾 | to take care of |
| zhe | 着 | (indicates action in progress) |
| zhè | 这 | this, these |
| zhè'er | 这儿 | here |
| zhèlǐ | 这里 | here |
| zhème | 这么 | so |
| zhēn | 针 | needle |
| zhēn | 真 | true, real |
| zhèng | 正 | correct, just |
| zhēng (qì) | 蒸 (汽) | steam |
| zhèng (zài) | 正 (在) | (-ing) |
| zhēnglùn | 争论 | to argue |
| zhēnshi | 真是 | really |
| zhēnzhū | 珍珠 | pearl |
| zhèxiē | 这些 | these ones |
| zhèyàng | 这样 | such |
| zhí | 直 | straight |
| zhǐ | 指 | finger, to point at |
| zhǐ | 只 | only |

| zhǐ | 纸 | paper |
| zhī | 只 | (measure word for animals) |
| zhídào | 直到 | until |
| zhīdào | 知道 | to know |
| zhǐyào | 只要 | as long as |
| zhīzhū | 蜘蛛 | spider |
| zhòng | 重 | heavy, hard |
| zhōng | 钟 | bell |
| zhōng | 中 | in, middle |
| zhōngwǔ | 中午 | noon |
| zhù | 住 | to live, to hold |
| zhǔ | 煮 | to cook |
| zhū | 猪 | pig |
| zhuā (zhù) | 抓（住） | to arrest, to grab |
| zhuǎ (zi) | 爪（子） | claw |
| zhuǎnshēn | 转身 | turn around |
| zhuǎnxiàng | 转向 | turn to |
| zhǔnbèi | 准备 | ready, to prepare |
| zhuō (zi) | 桌（子） | table |
| zhùyì | 注意 | pay attention to |
| zì | 字 | written character |
| zǐ (sè) | 紫（色） | purple |
| zìcóng | 自从 | ever since |
| zìjǐ | 自己 | oneself |
| zǐxì | 仔细 | careful |
| zǒu | 走 | to go, to walk |
| zuì | 最 | the most |
| zuǐ | 嘴 | mouth |
| zuǐchún | 嘴唇 | lip |
| zuìhòu | 最后 | last, at last |
| zuìjìn | 最近 | recently |

| zūnjìng | 尊敬 | respect |
| zuò | 座 | seat |
| zuò | 做 | to do |
| zuò | 坐 | to sit |
| zuǒ | 左 | left (direction) |
| zuǒyòu | 左右 | approximately |

# About the Authors

Jeff Pepper (author) is President and CEO of Imagin8 Press, and has written dozens of books about Chinese language and culture. Over his thirty-five year career he has founded and led several successful computer software firms, including one that became a publicly traded company. He's authored two software related books and was awarded three U.S. patents.

Dr. Xiao Hui Wang (translator) has an M.S. in Information Science, an M.D. in Medicine, a Ph.D. in Neurobiology and Neuroscience, and 25 years experience in academic and clinical research. She has taught Chinese for over 10 years and has extensive experience in translating Chinese to English and English to Chinese.